Henry Kardel
BROKEN LIGHTS

Bibliografische Information der Deutschen Nationalbibliothek: Die Deutsche
Nationalbibliothek verzeichnet diese Publikation in der Deutschen
Nationalbibliografie; detaillierte bibliografische Daten
sind im Internet über dnb.dnb.de abrufbar.

© 2016 Henry Kardel
Alle Bilder: © 2016 Rainer Schimmel
Herstellung und Verlag:
BoD – Books on Demand, Norderstedt

ISBN: 978-3-7412-5643-1

*»Liebe verreist wohl einmal,
aber sie wandert nicht aus.«*

Sextus Aurelius Propertius

1

Ich blicke auf, atme aus. Lichtstrahlen benetzen mein Gesicht. Die Sonne wärmt vom höchsten Punkt des azurblauen und von Wolken befreiten Himmels. Zu dieser Zeit des Tages sind die Schatten am kürzesten. Ich bin gedankenversunken. Noch viel tiefer versinke ich aber im schwarzen Ledersessel und zähle die landenden und fortgleitenden Flieger.

Das Vorfeld liegt wie ein breiter, grauer und kerosinbefleckter Teppich vor mir und das metallende Dröhnen der Maschinen kommt nur als leises Surren an, während der Menschenlärm der Abflughalle von der hohen Konstruktion des Gebäudes aufgesogen und verschluckt wird. Lethargisch und gelangweilt von der Welt verbringe ich meine Zeit im Transit. Ja, das ganze Leben ist eigentlich ein schlecht belüfteter und immerwährender Transitbereich. Bin irgendwie zu statisch, bewege mich seit Stunden nicht wirklich vom Fleck, gehöre damit bereits fast zum Mobiliar und das Warten wird zur einzigen Direktive. Lange ist es her, dass ich mich so ungebraucht gefühlt habe. Ob ich jetzt hier in Oslo bin oder meine Zeit an den Stränden der Karibik totschlage, das macht im Prinzip keinen Unterschied.

Um mich herum ist niemand Bekanntes. Ich bin allein. Doch ist das nicht wirklich schlimm. Ledersessel sind sowieso nicht zum Teilen. Man hätte sicher einiges zu reden, doch wahrscheinlich nichts zu sagen. Lieber würde man sich dann energisch und vollends anschweigen. Aber das ist nicht einfach. Ich meine,

Stille allein? Okay, das ist billig. Sich aber anzuschweigen, ohne zornig aufeinander oder beleidigt zu sein, das ist viel anspruchsvoller. Was eigentlich schade ist. Denn nur ohne Worte können wir uns die schönsten Dinge mitteilen.

Da steht das Paar mit dem überbeladenen Gepäcktrolley. Es hat sich auch nichts mehr zu sagen. Es schaut sich nur abfällig und verachtend an. Wenn Blicke töten könnten, so läge das halbe Terminal voller Leichen und ich versuche nur, mich nicht von diesen Blicken erfassen zu lassen, nicht in die optische Schusslinie zu geraten. Mit abwehrender Geste verabschiedet sich der Mann, ergreift die Flucht zum Schnellrestaurant, um seiner Familie das Mittagessen zu bringen. Seine Frau bleibt zurück, mit Kind auf dem Arm, welches verträumt das Vakuum bestarrt und nichts von den diabolischen Blicken seiner Eltern ertragen muss. Die junge Mutter schüttelt genervt den Kopf, doch ihr Seufzen bleibt unbeachtet, verpufft im Jenseits. Und ich sage mir nur eins: So werde ich nie. <u>Nie.</u>

Gleich neben dem Mann, hinter dem Stahlpfeiler, erscheint Iona. Sie tippelt auf dem anthraziten Schieferboden auf mich zu und unsere Blicke fangen sich sofort. Der übergroße Rucksack auf ihrem Rücken lässt sie noch zierlicher als gewöhnlich aussehen. Dann stehe ich auf, mit selbigem Gepäck, und es scheint, als wenn dort nichts weiter als zwei überdimensionierte Backpacks aufeinander zu laufen. Meine Damen und Herren, das Warten hat sein Ende gefunden, ich darf vorstellen: Meine Freundin.

Unserer Umarmung, der Rucksäcke wegen sehr unelegant, folgt

ein dreisekündiger Kuss, dann wieder eine Umarmung. Wir haben uns 57 Tage nicht gesehen. Ihre nussbraunen Haare sind ein wenig kürzer. Reichten sie vorher noch etwa bis zur Mitte des Brustbeins, so reichen sie jetzt nur noch gerade bis zum Schlüsselbein. Dafür sind ihre Locken etwas schwacher geworden und mit ihren kubanischen Absätzen wächst sie ein kleines Stück über mich hinaus, was sie im ersten Moment sichtlich genießt. Meine Güte, beim ersten Treffen wirkt sie doch immer am schönsten.

Ich streife mit meinem Zeigefinger durch ihr Haar. Fast eine Minute verstreicht, bis wir unsere ersten Silben verbrauchen.

»Deine Haare wirken kürzer«, sage ich, gedrungen, weil mir nichts Gehaltvolleres einfällt.

»Und? Sagst du mir, wie du es findest?«

»Sieht wirklich gut aus. Besser als vorher.«

»Du willst sagen, du mochtest es vorher nicht?«

»Ja. Also, nein. Zumindest... Ich meine...«

Ist sie nicht toll? Sie kann jeden Satz, und sei es das mächtigste Kompliment, aus einer Richtung beleuchten, aus der er schnell infam wirkt. Ich bemerke aber sofort, dass ihre Frage wenig Ernsthaftigkeit birgt. Nur ein kleiner rhetorischer Trick ihrerseits, eine Falle und sie genießt gerade grinsend ihre Beute. Mich.

Mit unseren Rucksäcken machen wir uns auf den Weg zum Zoll. Man könnte nicht unbedingt formulieren, dass wir darauf so scharf wären, aber wir können ja nicht ewig im Transit bleiben.

Wenige Sekunden später werden wir bereits vom Zollbeamten in sein Revier gelotst. Mit penibler Genauigkeit filzt er unser Gepäck, durchleuchtet es, fragt uns nach unseren Vorhaben - wir verschweigen die obszönen Details - und ob wir denn Medikamente oder Fleisch dabei hätten. In jeder von solchen Situationen bin ich ernsthaft versucht, mich mutwillig verdächtig zu machen, indem ich irgendwelche Scherzchen mache oder zwielichtige Antworten gebe. Sich als Psychopath oder potentieller Terrorist zu geben, ist in diesen Tagen nun mal kinderleicht.

Iona und ich, wir könnten Bonnie und Clyde sein. Würden gemeinsam im Kugelhagel sterben. Wie romantisch doch der Gedanke, dass unser beider Gehirnmasse durch die Gegend fliegt, man würde sich vielleicht nochmal mit Blut bespucken, überströmt von Lebenssaft, unsere Blicke würden sich vielleicht ein letztes Mal völlig apathisch treffen, dann ginge das Licht aus. Aber die Zeiten sind vorbei, es würde heute keinen Spaß mehr machen. Die Polizei ist heute weit besser organisiert als zu Zeiten der US-amerikanischen Depression und was sollte man schon ausrauben? Amazon?

Deswegen bleiben meine suspekten Erwiderungen aus. Ich will den heutigen Tag lieber in der Mitternachtssonne verbringen und nicht im grellen Licht einer Untersuchungszelle.

Die Anwesenheit von Iona macht mich ziemlich unsicher. Ich bin mir ungewiss, ob *sie* auf die Fragen des engherzigen Zollbeamten antwortet, oder ob ich das übernehmen soll. Denn ein oder zwei Mal setzen wir beide zum Reden an, überrümpeln uns gegenseitig verbal, wollen aber dann doch dem Anderen den Vortritt lassen. Das muss beknackt wirken und unsouverän dazu. Eine ähnliche Situation kenne ich lediglich vom Volleyball, wenn zwei Mitspieler zum Ball rennen und sie am Ende miteinander kollidieren. Wären wir Terroristen, so hätten wir unsere Antworten sicherlich besser vorformuliert. Das erkennt auch der Beamte und so blickt er uns ein letztes Mal stirnrunzelnd und erfüllt von Skepsis an, bevor er uns in die norwegische Freiheit entlässt.

Wir geben unser Gepäck neu auf und lassen uns erneut durchleuchten und befummeln, um in den Inlandsteil des Flughafens zu gelangen. Als wir für die Sicherheitskontrolle anstehen, fällt es mir auf: Sie lehnt ihren Kopf auf mein Schulterblatt und schließt die Augen. Von nun an ist sie weit, weit weg. Es ist eines ihrer besten Charakteristika. Sie kann allen Trubel um sich herum ausblenden und vergessen, wenn sie will. Diese Eigenschaft ist mir leider abhanden gekommen. Sie schließt die Augen, taucht ab in ein Paralleluniversum, in eine Existenz, die ihr für diesen Moment etwas attraktiver erscheint. Ich weiß nicht, wo sie ist, aber vielleicht genießt sie gerade das Meer der Côte d'Azur oder den Himmel ihrer schottischen Heimat. Als wir dran sind, muss ich sie zärtlich aber bestimmt anticken, um sie aus ihrem Tagtraum einzusammeln. Eine halbe Sekunde der Desorientierung und sie ist wieder bei mir.

»Weiter geht's«, sage ich.

2

Sie wirkt sehr ausgemergelt und müde. Und eigentlich hätte sie längst vor mir hier sein sollen, ihr frühes Aufstehen hat sich aber nicht gelohnt, ihr Flug aus Edinburgh wurde gestrichen und sie wurde über Brüssel umgebucht, deswegen war ich vor ihr da.

Im Flieger nach Tromsø zieht sie sich die Kapuze über den Kopf und lehnt sich wahlweise bei mir oder an der Bordwand an und schläft. Ich lasse meinen Blick aus dem Fenster wandern, sehe die vorbeiziehenden Berge und Fjorde, die sich wie verbogene Kartenhäuser aus dem Wasser aufrichten, und ich spüre bereits, dass es weit in den Norden geht. 350 Kilometer über den Polarkreis, um genau zu sein, auf die Höhe von Nordalaska, wo zur Zeit, im Juni, die Sonne nicht untergeht. Zum Nordkap ist es dann auch nur noch ein Katzensprung.

Eine Stadt mit 72.000 Einwohnern, ohne Frage, für Norwegen ist das metropolitisch, aber dennoch nur ein kleiner Mikrokosmos inmitten der weiten Natur. Und wer immer dort ankommt, der wird dort immerhin die nördlichste Universität, die nördlichste Kathedrale, den nördlichsten botanischen Garten und am allerwichtigsten, die nördlichste Brauerei der Welt, vorfinden. Was aber auch nur die halbe Wahrheit ist, da die Produktion mittlerweile woanders stattfindet. Wie dem auch sei. Es interessiert sowieso keine Menschenseele.

Zumindest werden wir für neun Nächte Teil dieser arktischen Sphäre sein.

Meine Liebste schläft, sieht lieblich dabei aus. Ich habe mir nie beim Schlafen zugeschaut, doch wenn ich es mir vorstelle, sehe ich dabei mürrisch aus, nicht wie sie. Sie hat ihren ganz eigenen Frieden.

Da sie schläft, habe ich meine Gedanken ganz für mich. Sehe die sanften Wolkenfelder vorbeigleiten, wie eine Leinwand, die man am Flieger hinfortzieht. Bewege mich vorwärts, blicke zurück. Das habe ich in den ersten Stunden in Ionas Gegenwart immer gemacht. Ich muss retrospektiv werden und in die dritte Person gehen, um das alles zu verstehen. Denn es kommt mir immer noch unwirklich vor, wenn ich das letzte Jahr, meinen Weg bis zu diesem Zeitpunkt vor meinem inneren Auge abspiele: *Vor neun Monaten reist ein verzweifelter Philosophiestudent aus Kiel nach Schottland, allein, ins malerische Edinburgh, lässt sich ein wenig von den Stadtlichtern treiben und bemerkt, wie einsam er sich fühlt. Deswegen setzt er auf die entlegene Hebrideninsel Dearinish über. Ein Ort, an dem sich jeder einsam fühlt. Durch eine Verkettung von Absurditäten grenzt es fast an ein Wunder, dass er dort - vor allem trotz seines Hanges zum stimmungsabhängigen Single-Malt-Verzehrs - die junge Schottin Iona für sich „annektieren" kann, die eine Ähnlichkeit zu einer (ebenfalls) jungen Sängerin aufweist, die sich einst der Thematik von neun Millionen Fahrrädern in der Hauptstadt Chinas angenommen hatte. Sie ist eine junge Schönheit und außerdem Dearinishs Eigengewächs. Darauf kann sich Dearinish etwas einbilden, meint er immer.*

Iona... Eine zarte femme fragile voller Verve und Anmut. Das ist wohl die präziseste Beschreibung ihres Wesens. Sie ist zweiundzwanzig, zwei Jahre jünger als er.

Durch diese Irrfahrt, diese Reise durch den Nebelschleier seiner selbst, bekommt sein Leben einen neuen Turn. Alltägliches füllt sich für ihn wieder mit Sinn. Das erste Mal hat er das Gefühl, nicht nur den Trostpreis bekommen zu haben. Was er mit Iona hat, das ist der Jackpot. Doch natürlich gestaltet sich eine Fernbeziehung dieser Art nicht einfach. Er fühlt sich ständig schäbig, weil er ihr keine dichtere Verbindung bieten kann, denn ihre physische Liebe wird immerhin von 1107km getrennt. Gelegentlich mag Adrian deswegen gewisse Gedankenspiele: Wenn er zur Universität fährt, kommt er ihr um genau zwei Kilometer näher. Es ist, als könnte er sie schon fast spüren, so nah fühlt es sich an.

Bis jetzt haben die beiden erst 34 Tage miteinander verlebt. Sie sprechen zwar jeden oder jeden zweiten Tag miteinander, sehen sich sogar meistens dabei, jedoch ist es für beide hart.

Einmal, da treffen sie sich in der Mitte, in London, was sich als äußerst romantische Idee herausstellt. Die beiden Jungverliebten tollen durch die Stadtgefilde, es ist wie Schicksal, dort zu sein. Desweiteren fassen sie dort relativ schnell den Entschluss, einen gemeinsamen Sommerurlaub zu verbringen. Die Wahl fällt auf Nordnorwegen. Sie wissen, dass ihre Herzenswärme füreinander nicht ortsgebunden ist, nicht sein darf, weil sie sonst daran zerbrechen könnte. Und als wäre das nicht genug, bleibt da ja auch noch die Sprachbarriere. Adrian findet es aber spannend, mit seiner Geliebten auf Englisch zu reden und schmelzt hoffnungslos dahin, wenn sich Iona die Mühe gibt und sich ab und zu an der deutschen Sprache ausprobiert. Das sind die Momente, die ihm bleiben und das Gedächtnis des vergangenen Jahres bestimmen.

Er sieht die Tage, an denen Iona und er sich bisher sahen, als beeindruckend und auf stürmische Weise magisch und anheimelnd. Sie halfen ihm sehr, sich zu wandeln. Er ging nicht mehr „einen trinken", sondern ging lieber mit ihr feiern oder zumindest hockten sie gemeinsam in Bars, wenn sie sich denn mal sahen. Und manchmal, da tanzten sie bis zum Ergrauen des Morgens. Sie blieben gesprächig und erhielten sich damit eine wichtige Eigenschaft, die er sonst nur von der Zeit vor einer Beziehung kannte. Ein freundschaftlicher Aspekt, zu reden, nicht in einen Beziehungshabitus zu fallen, nicht alles zu einer Konstante machen zu wollen, niemals zu nah beieinander zu sein, lieber umeinander kreisen, wie Planeten und Monde, für Ebbe und Flut zu sorgen, keine Lethargie und damit das Abdriften von der Umlaufbahn zu kennen.

Er wusste schon jetzt: Es würden wunderbare Zeiten mit ihr sein. Zeiten, an die er sich im hohen Alter voller Nostalgie und romantischer Verklärung erinnern wird.

Doch so weit ist es ja noch nicht. Er ist jung. Es gibt keine Verklärung, kein künstliches Beschönigen. Es gibt nur das, was es gibt. Wer dieser junge Mann ist, fragen Sie? Na, das bin ich.

»Jeg må fortelle deg noe«, sagt die eine Flugbegleiterin zur anderen. Ich verstehe kein Wort norwegisch, aber sie wirken in

kurzen Momenten spöttisch und ziemlich *amused*. Ich stelle mir anschaulich vor, wie sie untereinander Anekdoten ihres Flugbegleiterdaseins austauschen. Sätze, die anfangen mit: »Ich hatte mal einen Passagier, der...« und aufhören mit: »...und am Ende roch die ganze Kabine nach Erbrochenem.«
Hinter all der Schminke und dem Make up sehe ich echtes Lächeln, natürliche Falten und wahre Belustigung. Sie schimmert in Millisekunden hindurch, verflüchtigt sich sofort. Man muss sie wirklich suchen, damit man sie entdeckt.

Iona ist wach.
»I dreamed of youuu«, fängt sie leise an zu singen.
»Oh, tell me, was it looovely?«, singe ich so tief ich kann, wie ein brummender Sinatra, zurück. Unglücklicherweise beginne ich ein wenig zu krächzen.
»Natürlich nicht!«, lacht sie.
»Ich weiß. Ich war schon immer ein Albtraum für die gesamte westliche Welt.«
»Nein, das bist du nicht. Wieso solltest du?«
»Ich bin fast pleite, sehe aber unheimlich gut aus!«, sage ich ironischerweise.
»Hey, dir sowas einzureden, ist mein Job«, flüstert sie. Sie drückt mir einen Kuss auf meine bärtige Wange und stimmt noch einmal zum Singen an: »Rasiiier diiich...«

3

Die Welt ist in ein tiefes Grau getunkt. Über den Wolken war noch alles vom Abendlicht durchflutet, doch nun haben wir uns unter den ermüdenden Schleier begeben, der uns vor dem Blau des Himmels beschützen will. Es ist halb zwölf, bald Mitternacht. Von da an wird es wieder heller.
Ein Farbton, den ich noch nie gesehen habe. Es ist nicht wirklich hell, auch nicht dunkel, eher halb erleuchtet, wie die Welt im Halbschlaf, Grau in Grau, einzig die Ampeln leuchten in vollem Rot. Am Horizont über den Gipfeln der Wolkenbruch, das hereindringende Gelb, zerrissene Wolken und das Gefühl, nun wirklich da zu sein: Das ist der Außenposten der Zivilisation.
Am Gepäckband herrscht Wirbelei, doch wir, Iona und ich, sind wie zwei Wandelnde, müde Zombies, die niemandem mehr etwas tun wollen. An der Wand der Gepäckabgabe erstrahlt ein großes tromsøisches Panorama-Winterbild mit Polarlichtern über der hell erleuchteten Stadt, das mir sofort ins Auge fällt.
Am Band, mir gegenüber, steht ein nettes Mädchen. Sie sieht auf irgendeine Weise erfrischend aus. Kurze Pants, Lippenstift, Sonnenbrille in die Haare gesteckt. Als wollte sie den hier herrschenden acht Grad Celsius trotzen. Sie lächelt. Ich auch. Beim ersten Gedanken an Iona höre ich auf. Ich bin nicht allein auf dieser Welt. Demonstrativ gebe ich meiner Freundin einen Kuss. Das Mädchen von gegenüber versteht und wendet sich ihrem Vater zu, der sie abzuholen scheint. Eigentlich eine An-

maßung, zu glauben, sie könnte etwas von mir wollen. Es ist mir auch egal.

Mein Rucksack wiegt so schwer wie das Grau auf mir, besonders um diese Zeit. In unserem Taxi läuft *Message in a Bottle* von *The Police*. Aber auch nur bis wir in das Tunnelsystem fahren, welches die gesamte Stadt unterführt und mit einigen unterirdischen Kreisverkehren versehen ist. Wir lauschen Stings heiserer und stacheliger Stimme, bis das Rauschen beginnt und der Fahrer das Radio abschaltet.

Auf den kurzen Metern ins Taxi haben wir bereits die Kälte gespürt, hier ist kein Sommer, hier ist *nie* Sommer. Hier ist gerade nur kein Winter, obwohl die Bergkuppen stets von Schnee bedeckt werden. Wie widersinnig mir doch der Gedanke, im Juni mit Wollpullover und Jacke hinausgehen zu müssen. Doch wir haben uns dazu entschieden. Nun ja, ich habe sie eher dazu gedrängt, wollte ich natürlich sagen.

Und jetzt, wo die Mitternachtssonne plötzlich hereinbricht, wir den frischgemähten Rasen im Vorgarten riechen, sich das Licht glitzernd im Sund bricht, bin ich eigentlich ganz froh darum.

Ich werfe meine Jeansjacke auf unser Bett, finde meine Freundin außerhalb unserer kleinen Wohnung. Sie ist auf der hölzernen Terrasse und beobachtet das nächtliche Lichtspiel auf dem Wasser, was ich gut verstehen kann, auch wenn sie das Meer ebenso in ihrer Heimat hat. Ich greife von hinten um sie, halte sie fest und schließe meine Augen, senke meinen Kopf in ihre Locken. Ich bin so froh. Wir sind da, wir sind endlich angekommen.

Sie dreht ihren Kopf zu mir, sieht mich über ihre Schulter an und liebkost mein Gesicht.

In der Liebe soll man sich gegenseitig überraschen, nicht? Und so beißt sie mir mit einem eifrigen „Ich bin hungrig!" spaßeshalber in meine Wange, bis ich voller Verwirrung ein hektisches „Aah!" von mir gebe. Ich spüre ihre Zähne noch in meiner Haut. Die Gute will mich essen!

Bevor sie mich noch verspeist, schlage ich ihr vor, einen letzten Happen auf dem Balkon zu essen, um nicht ganz mit Loch im Bauch ins Bett zu gehen. Und so decken wir behelfsmäßig den Teakholztisch, er ist neu, aber ein wenig wackelig, zweimal fällt mir die Butter hinunter.

»Die will ich doch noch essen, du Held«, merkt sie verzweifelt an. Kaum gesagt, fällt sie ein drittes Mal hinab. Mir ist nicht mehr zu helfen, das muss Karma sein.

Wenige Minuten später schläft sie mit dem Kopf auf der Tischplatte ein.

Der Tisch kippt.

4

Wie wir ins Bett gingen, daran kann ich mich nicht mehr erinnern. Aber wenn ich Iona nicht gezwungen hätte, hätte sie auf dem Balkon geschlafen und sich ihren süßen Hintern abgefroren. Können Sie sich vorstellen, dass *sie* eigentlich die Vernünftige von uns beiden ist?

Als ich aufwache, bin ich allein. Kurz denke ich, dass es ja schon hell ist, dabei will das nichts heißen, es war nie dunkel. Die Laken sind verschwitzt, was ich ziemlich hasse. Irgendwer muss die Klimaanlage hochgedreht haben. Ich nenne diesen Jemand lieber nicht Idiot, das könnte auch ich gewesen sein. Zumindest versuche ich, meine faltige Bettdecke loszuwerden und mich auf die Bettkante zu setzen. Gestern steckt mir noch in den Knochen. Ich fühle mich wirklich wie neugeboren: schleimig, schwach und zum Schreien.

Iona kommt aus der Küche, nur ein überdimensioniertes T-Shirt umhüllt sie bis zum Ansatz der Oberschenkel. In der Hand ein dampfender Becher Kaffee.

»Bist ja schon wach«, murmelt sie. »Hab ich dich geweckt?«

»Glaube nicht. Hab' von Hemingway geträumt. Das war irre. Dabei weiß ich nich' mal, wie er aussah. Und du?«, frage ich.

»Ich weiß auch nicht, wie er aussah.«

»Wie du geschlafen hast, wollte ich wissen.«

»Irgendwo zwischen nicht und gar nicht.«

Sie stellt ihren Kaffee auf die Fensterbank und lässt sich in die verbrauchten Laken fallen. Krallt sich um ihr Kopfkissen und nuschelt in den Stoff. Sie nickt weg. Die Welt hat mir gerade einen Becher frisch gebrühten Kaffees geschenkt.

Ich stelle mich an die Fensterfront unseres Wohnzimmers und stelle mir vor, ich würde einen Bademantel tragen. Nur, dass ich keinen trage. Deswegen stelle ich es mir ja vor. Ich habe ja auch nur Kaffee in meiner Hand und keinen Champus.
Dass ich mich morgens so gut fühle, ist überaus selten. Na gut, körperlich bin ich etwas gerädert, aber meine Laune ist gut. Auf Reisen kommt das häufiger vor, aber im Alltag nicht. Ich war noch nie jemand, der morgens aufwacht und sich sagt: »Wunderbar! Ein neuer Tag!« Ich musste mir das schon immer erst erarbeiten und mit Glück bin ich dann am Abend so weit, dass ich sagen kann: »Wunderbar! Das *war* ein neuer Tag!« Und dann ist es Zeit fürs Bett.
Aber heute bin ich weder düster noch angsterfüllt gestimmt. Ich bin bereit, um endlich Zeit mit meiner Freundin zu verbringen, bereit für Tag Nummer 35 - diese Stadt wird unsere Bühne sein - bin bereit entlegene Winkel ihres Wesens auszuleuchten, sie zu studieren. Studienfach: Iona. Klingt das nicht nett?

Ich muss Ihnen aber ein Geständnis machen: Ich bin glücklich. Tut mir wirklich leid, jetzt ist es raus. Was für eine bittere Konsequenz das nun für Sie haben wird, wissen Sie wahrscheinlich noch gar nicht. Fangen wir mal so an: Die ganzen großen Komponisten - mir steht es eigentlich nicht frei, mich mit ihnen zu vergleichen - haben wann am meisten geschrieben? Genau!

Als es ihnen hundsmiserabel ging. Nun bin ich aber in der bedränglichen Lage, glücklich zu sein, ich kann Ihnen wirklich nichts vorheulen. Natürlich, Sie könnten sich für mich freuen, aber das werden Sie nicht tun. Warum? Na, weil Sie für ein Buch bezahlt haben, sofern es Ihnen nicht geschenkt wurde. Wenn es geschenkt ist, haben Sie Glück. Aber das ändert nichts an der Tatsache, dass es mir schwer fällt, Ihnen was zu schreiben. Ich könnte ein wenig Smalltalk hinüberwerfen, aber das würde meinem Anspruch nicht genügen. Ich meine, wenn ich wollte, so könnte ich mich nun neben meine schlafende Freundin legen und alles wäre gut. Aber was hätten *Sie* davon? Ich habe, was ich will. Mehr wollen und brauchen Sie doch gar nicht zu wissen. Sie haben das Happyend hinter sich. *Die beiden haben sich*, denken Sie. Normalerweise würden Sie jetzt abschalten. Aber so läuft das Leben nicht.

Vielleicht aber auch liegt das Problem eher bei Iona. Klingt mies, ich weiß, da brauchen Sie nicht einmal ihre Stimme zu erheben. Aber sie ist die Protagonistin meines Lebens. Aber wenn sie schläft, schläft auch mein Leben. Verstehen Sie? Wenn Iona schläft, sind wir hier nur noch zu zweit. Das alles klingt relativ armselig, wenn man den Rückschluss zieht, dass ich mich allein über sie definiere, aber ich bin nunmal *mit ihr* hier. Wenn sie schläft, läuft nichts. Normalerweise könnte ich Ihnen ja wenigstens noch meine Probleme auftischen, aber die gibt es nicht, nicht *hier*. Also? Wie lösen wir die Misere? Was meinen Sie? Soll ich sie wecken? Wäre vielleicht einen Versuch wert. Oder?

Also gehe ich lieber zurück ins Schlafzimmer. Unverändert liegt sie dort. Nur, dass ihr Shirt zu meinen Gunsten etwas nach oben gerutscht ist. Ich berichtige es, Gentleman muss man schon sein. Ich lege meine Arme auf die ihren, senke mich hinab zu ihr, lege mich gestützt auf sie und frage sie behutsam:
»Willst du weiterschlafen?«
Ihre Antwort ernüchtert: »Ja, bitte. Endlich.«
Sehen Sie, da kann man nichts machen. Und der Kaffee ist auch kalt.

5

Ich trete aus der Wohnungstür. Hilft ja nichts.

Unsere Wohnung liegt weder im Erdgeschoss, noch im ersten Stock, dazwischen eigentlich, auf halber Etage sozusagen. Deswegen muss man jedes Mal eine kleine Brücke zur Straße hinabgehen, um über die Einfahrt zu gelangen. Ich stelle mich kurz vor unser vorübergehendes Heim und betrachte es ausgiebig. Bei Tageslicht erstrahlt das matte Weiß des Zauns, der Veranda und der holzigen Außenwände etwas munterer. Einzig und allein das schwarze Dach bringt den Kontrast.

Als ich unser Haus also hinter mir lasse und die schwach asphaltierte Straße entlanggehe, gelange ich an eine kleine Kreuzung und nehme den Weg hinab in die Stadt. Vor mir bauen sich nun auf der anderen Seite des Wassers die vierhundert Meter hohen Felswände auf.

Der größte Teil der Stadt liegt auf einer Insel, auf Tromsøya (klingt ein wenig wie „Tom Sawyer"). So ist man dauernd vom Wasser umgeben, sieht die Hurtigruten- oder Kreuzfahrtschiffe vorbeifahren, was alles vom Anblick der umzingelnden Bergketten umrahmt wird. Und auch wenn man unten in der Fußgängerzone ankommt, der *Storgata*, so wird man niemals die ferne Szenerie der schneebeträufelten Gletscher aus den Augen verlieren.

Ich lasse mich etwas treiben, muss über so manchen Bettler hinwegsehen und kann niemandem so richtig in die Augen schauen. An sich hat diese Stadt wenig Anziehendes. Ich kann das verstehen, hier liegt die meiste Zeit Schnee, so wirkt der Boden nun blass und brüchig. Das viele Salz nagt am Straßenbelag. Man gibt sich hier deswegen nicht so viel Mühe, habe ich das Gefühl, *der Schnee wird es schon verdecken*, was immer es auch ist, vielleicht ist das die Maxime. Hingegen die Menschen sind schön, da kann ich wirklich nichts anderes anmerken. Ich fühle mich wie in einem Werbekatalog, vorzugsweise für Outdoorjacken. Schöne Gesichter und so, Gott meinte es gut. Das Gefühl überkommt mich nirgendwo sonst als in Skandinavien. In Kiel denke ich, dass ich mich nicht zu verstecken brauche. Aber hier? Hier habe ich das Gefühl: Junge, du kannst einpacken!

Um mich vor dem Nieselregen zu schützen und weil mich nichts so richtig packt, zieht es mich als erstes in eine kleine Buchhandlung, ich habe immerhin von Hemingway geträumt, das muss etwas heißen. Doch nichts Besonderes, alte Eichenmöbel und unzählige Wanderkarten und Bildbände über die Polarlichter und die Berge der Lyngenalpen. Diese Stadt langweilt mich schon jetzt.

In der hintersten Reihe steht ein schmächtiger, zotteliger Mann, tief in seine labberige Windjacke aus den Neunzigern geknöpft. Mit seinen knochigen Fingern greift er nach einem Kriminalroman in düsterer Aufmachung. Um eine Stichprobe zu entnehmen, schlägt er das Buch an einer willkürlichen Stelle auf, schlägt es dabei so weit auf, wie kein höflicher Mensch es machen würde. Auf Anhieb vertieft er sich und stopft sich nebenbei ein zerpamptes Crossaint in den Mund. Als er genug hat,

hat das Buch seine ursprüngliche Form verloren, sodass die ersten Seiten weit offen stehen, sobald er es zurücklegen will. Es erinnert mich daran, wie schuldig ich mich jedes Mal fühle, wenn ich ein neues Buch zu lesen beginne und zwangsläufig das glatte Äußere durchbrechen muss. Dabei sind die schönsten Bücher die geliebten, die jahrelang innig gebrauchten, *ver*brauchten, halb zerfledderten. Denn dafür sind Bücher gemacht: für die Strapazen, die ihnen von den Lesern zugefügt werden, die nicht nur den Text verschlingen, sondern dabei gleich das halbe Buch mit.

Monsieur Crossaint hat genug von der Literatur. Er wankt mit seinem dünnen, schütteren Haar, seiner kantigen Nase und tiefen Augenringen hinaus in den Regen und versucht verzweifelt eine Zigarette mit seinem letzten zerbrochenen Streichholz zu entzünden. Als das nicht funktioniert, spricht er Passanten an, hinterlässt den Laufweg einer Zick-Zack-Linie, dauernd mit dem Satz »Feu? Feu? Fire?« und deutet dabei an seinen ungerauchten Glimmstängel. Das „r" rollt er, als gäbe es kein Morgen.

Ich will die *Storgata* ebenso hinunterschreiten, aber allenfalls etwas gerader als Monsieur Crossaint. Dabei werde ich von einem Anruf von Ben unterbrochen.

Ben ist mein bester Studienfreund. Er hat Lymphdrüsenkrebs. Für Fortgeschrittene. Und ich bin der Einzige, der davon weiß. Thema bei uns ist das nur sehr selten, wenngleich wir sehr offen darüber reden könnten. Nur liegt das bei ihm. Und da er das nicht unbedingt thematisieren will, kommt es auch nicht

auf den Tisch.
Er ist ein sehr lieber Mensch. Gutmütig und ausgleichend. Er sucht immer nach dem Gleichgewicht, dem Gegengewicht zum Überdruss. Doch immer wieder scheitert er an der Ungerechtigkeit der Welt, der Wertlosigkeit, verliert dabei dennoch nie den Mut, immer wieder neu anzusetzen. In ihm verbindet sich eine seltene Mischung: Er ist Idealist, aber kein Perfektionist. Und sobald ich diese Worte von mir lasse, überkommt mich die erdrückende Erkenntnis, dass meine Worte wie ein Nachruf klingen, mit dem kleinen Unterschied, dass ich im Präsens spreche.
Ich freue mich über seine gelegentlichen Anrufe. Sie sagen mir, dass es ihn noch gibt. Er hat seine Probleme, ich habe meine Probleme. Im Vergleich sind meine marginal, aber das lässt er mich nicht spüren. Er zollt mir einen viel höheren Wert, als ich verdiene. Und das Schöne daran, ihm macht das Geben so viel mehr Spaß als das Nehmen. Am Altruismus habe ich noch viel zu üben.
»Moin, Adrian! Was macht die Kunst?«
»Meine Muse meinst du? Sie schläft. Deswegen bin ich raus, bei erfrischenden sechs bis acht Grad. Und wie läuft es bei dir?«
»Soweit alles im grünen Bereich. Sag mal, du musst mir mal einen Rat geben. Ich habe letztens auch so eine irre Schottin getroffen, so wie du. Im Ernst, du musst mir jetzt mal sagen, wie man die händelt. Denn... Wie eine Deutsche kann ich die sicher nicht behandeln!«
»Dein Ernst? Wie heißt sie denn?«

»Sherlyn.«

Wir beide lachen, dabei suche ich eine abgelegene Gasse auf.

»Wie schottisch der Name doch klingt«, grinse ich durch den Hörer und fahre fort: »Naja, aber das hängt doch von ganz vielen Dingen ab.«, meine ich, »Kommt sie aus der Stadt oder aus der Provinz? Was ist sie überhaupt für ein Typ Frau? Wie habt ihr euch kennengelernt? Da ist die Nationalität doch nicht wirklich relevant.«

»Weiß ich doch. Dachte vielleicht, du wüsstest von ein paar Geheimnissen, was schottische Damen angeht. Aber hey, eine Frau fürs Leben ist sie sowieso nicht«, sagt er lachend, was aus seinem Mund wirklich mies klingt. Er schickt mir damit einen schweren Kloß in den Hals.

Der Kälte wegen, durchzieht mich ein klirrendes Ziehen. Ich stehe so starr herum, dass man mein Zittern bereits am anderen Ende der Leitung hören muss.

»Hör mal, Ben...«

Er unterbricht mich: »Ayayay, das war ja mies von mir. Tut mir leid, Adboy. Habe ich nicht gemerkt. Wollte dich nicht in die Lage bringen.«

Sein Los scheint ihn völlig kalt zu lassen. Oder auch nicht. Denn dann sagt er etwas, das ich nicht vergessen werde:

»Tu' mir einen Gefallen, Adrian. Macht euch keinen Druck, du und Iona. Es gibt keine Frau fürs Leben. Es gibt nur eine Frau *zum* Leben.«

Ob er weiß, dass er mir mit diesem Satz den vielleicht wichtigsten Hinweis für die Liebe gegeben hat?

Was nützt mir ein ganzes, aber mittelmäßiges Leben mit einer Frau, wenn ich mit derselben vielleicht nur zehn Jahre, aber dafür wunderbare Jahre, verbringen könnte? Es geht darum, das Wort *Leben* loszulösen von der Bedeutung der zeitlichen Einheit, dem Substantiv, meinem *ganzen Leben* also, hin zu der Wortbedeutung des Verbs, *zu leben*. Ich will keine Frau, mit der ich mein ganzes Leben verbringen kann, denn das macht keine Aussage über die Qualität. Ich will eine Frau, mit der ich *leben* kann. Ich hoffe, dass er das meinte.
Die Verbindung wird schlechter und seine Sätze werden von Störungen zerhackt. Wir schaffen es leider nicht mehr, uns zu verabschieden.
Ob alles gesagt war? Nun, es ist sowieso nie alles gesagt.

Ich kann mich einfach nicht an diese Kälte gewöhnen. Sie stört mich dabei, die Umgebung zu genießen. Zehn Grad wärmer und alles wäre schöner. Das Grün der Bäume wäre satter, die Wolken würden nicht mehr so eisig ausschauen und das Licht wäre kein Winterlicht mehr. Die Hitze in unserer Wohnung wird zum ultimativen Ziel meiner Sehnsucht, dabei habe ich mich so weit von ihr entfernt. Ich bin vom mitteleuropäischen Sommer verwöhnt, so ist das nun mal, von dieser embryonalen Wärme, dabei ist das ja nicht mal das Ende der Fahnenstange, man möge sich Orte wie den Iran oder Mali vorstellen. So möge mir lieber die kalte Luft - welche so rein ist, dass man Abgase besonders doll riecht - das Gemüt reinigen. Mein Heimweg steht bevor.

6

Als hätte man die Zeit angehalten, so liegt Iona da. Ich bin fies. Daraus mache ich keinen Hehl, denn ich gebe ihr einen Klaps auf den Hintern. Es tut mir ja leid. Es war, als würde er sich anbieten. Und kaum kommt mein Hieb an, schreckt sie auf und gibt mir aus reinem Reflex eine deftige Backpfeife. Die hat gesessen. Mein Karma kommt immer wieder zurück. Das linke Ohr pfeift und ich kann ihr Lachen, nach der einen Sekunde der Besorgnis, nur sehr gedämpft wahrnehmen. Als wir uns beide beruhigt haben, lautet ihr erster Satz:
»Lass uns endlich was unternehmen, du warst so lange weg.«
»Weg? Ich war weg?! Weg war ich doch nur, weil du geschlafen hast.«
»Sag das doch. Du hast dich ohne mich gelangweilt?«
»Gewissermaßen.«
Wir beide versinken für einige Sekunden in Schweigen.
»Komm, mach dich fertig und ich zeige dir den Teil der Stadt, den ich schon gesehen habe.«
Wortlos willigt sie ein und verabschiedet sich ins Bad.

Ich spüre, dass sie noch nicht ganz angekommen ist. Vielleicht liegt das an der durchgehenden Helligkeit, vielleicht an mir. Jedoch versuche ich alles, um es ihr nett zu machen. Ich weiß, dass es nicht so einfach für sie ist, verwirrend auf jeden Fall, ihren Freund nie zu sehen und dann auf einmal rund um die Uhr, an einem fernen und unbekannten Ort. Aber sie gibt sich wirklich Mühe, die Zeit zu genießen.

Das, was man hat, zu *genießen*, das fällt mir immer wieder schwer. Das können Sie mir wirklich glauben. Denn ich merke schon lange, dass das einer der Hauptkonflikte in mir ist. Das zu wollen, was man nicht haben kann, dauernd getrieben zu sein, immer das *Mehr* vom Leben zu wollen, im Zugzwang den Horizont zu erreichen. Doch der Horizont lässt sich nicht erreichen, das liegt in der Natur des Wortes. Das zeigt sich im Fernweh, in den Berufswünschen, in der Liebe. Das ist eine schopenhauerische Krankheit, wenn man so will, dauernd zwischen dem Schmerz des Mangels und der Langeweile der Erfüllung des Mangels zu pendeln. Das Dilemma ist absolut perfekt.

Hinzu kommt, dass ich den Auftrieb der Liebe unbedingt brauche. Die Liebe ist der Treibstoff in meinen Tanks, der Wind unter den Flügeln. Doch der Auftrieb ist begrenzt, es kommt zwangsläufig zum Strömungsabriss. Und am Ende sind da immer zwei Enttäuschte.

Wie das mit Iona ist, fragen Sie sich? Nun. Der Auftrieb zeigt sich in vollster Präsenz, ich spüre ihn. Natürlich habe ich Angst vor dem Verblassen und davor, dass sich irgendwann Routine einstellt. Was hat es schon für einen Reiz, mit seiner Angebeteten in der Warteschlange der Passkontrolle zu stehen? Wo ist da das Abenteuer?! Aber braucht es das überhaupt?

Die Fernbeziehung hat mich bisher ziemlich davor bewahrt, dass es langweilig wird. Eine Beziehungsform, die meine Leidenschaft länger als gewöhnlich am Leben hält. Ich kann mich nach etwas sehnen, das ich im Prinzip habe. Es ist nur nicht anwesend, aber ich weiß, dass ich daran partizipieren könnte, wenn es da wäre. Das ist um Meilen besser als anwesende, aber unerwiderte Liebe.

Allerdings lässt sich von meiner Seite nicht festlegen, wann der erste Stein für all dieses unglückliche Empfinden gelegt wurde. Für diese Abscheu gegen die Alltäglichkeit und die Monotonie. Was war es? Eine unerwiderte Kindheitsliebe? Eine gestörte Elternliebe? Schmerzhafte Jugenderfahrungen? Da muss ich weiter zurück. Sehr viel weiter. Zurück, bis zum Anfang.

Herkunft

1992, Alter 0. Am frühen Juniabend, kurz nach 18 Uhr, kommt ein kleiner Fratz zur Welt. Er ist dem Tod nach einem 14-stündigen Kampf nur knapp von der Schippe gesprungen. Seine Nabelschnur hatte sich um seinen Hals gewickelt und ihm den Weg zum Sauerstoff verwehrt. Als er in den Armen seiner Eltern liegt, ist er ganz blau. Ob das Blausein ein frühes Indiz für seine spätere Alkoholaffinität ist, weiß er bis heute nicht. Was er aber später weiß ist, dass dieses Ereignis und dessen Todesnähe sein Leben mitprägen wird. Als er im späteren Leben bedrängnisvollen Situationen ausgesetzt ist, spürt er immer wieder dieselben Symptome. Er bekommt keine Kopfschmerzen, kein Bauchweh, ihm wird auch nicht schlecht. Stattdessen wird seine Atemluft weniger. Das Gefühl gefangen oder eingeschlossen zu sein, macht sich an seinem Hals fest. Und die Liebe zur Autonomie wird er nie verlieren.

Man kann sich nicht an seine ersten Bilder erinnern. Auch ich kann das nicht. Ich weiß nicht, welche Farben ich zuerst sah, welche Düfte ich als erstes wahrnahm, welche Bilder sich mir einbrannten. Es ist wie ein Tresor der Erinnerung: Ich weiß, irgendwo sind all diese Dinge abgespeichert, doch sind sie nicht verfügbar, sie sind weggesperrt. Ich frage mich, ob sich das ändert, sollte sich der Kreis irgendwann schließen, am Sterbebett. Werden sie dort sichtbar? Werde ich dort wissen, dass es

das Weiß des Jasmins war, der vor dem Kreissaal rankte und blühte und als erstes meine Netzhaut bestückte? Werde ich wissen, wie es war, das erste Mal meinen Bruder gesehen zu haben? Wie es war, meine ersten Atemzüge auf dieser Welt zu vollbringen?
Manchmal ist das Leben ein Puzzle, das sich im letzten Moment zusammenfügt, sich vielleicht vervollständigt, aber in dem Moment, in dem wir das letzte Puzzleteil einfügen, bekommt das Leben eine neue Ordnung, es wird sinnlos, es hört auf.

Geburten sind immer ein Trauma. Nur, dass uns keine posttraumatische Störung zeichnet, sondern posttraumatisches Wachstum. Das ist das Gute daran. Es ist der Unterschied zwischen Null und Eins, Sein oder Nichtsein. Es ist das ständige Generieren von Mehrwert, denn alles ist mehr als das, womit wir anfingen, als wir geboren wurden. Und sei ein Tag der schlimmste, den wir uns vorstellen können, so sind wir am Ende doch zumindest um unsere Erfahrung reicher. Es gibt kein Zurück, von Tag zu Tag gewinnen wir, ob wir wollen oder nicht. Wir kommen mit nichts, wir gehen mit nichts. Doch dazwischen haben wir womöglich viel gehabt. Es ist das Summieren unserer Erfahrungen, das das Leben meiner Meinung nach so unaufhaltsam gedeihlich macht.

Mein Vater wurde im ländlichen Schleswig-Holstein geboren. Meine Mutter wiederum wuchs die ersten sieben Jahre ihres Daseins in Newquay, dem Norden Cornwalls, auf. Damit habe ich von beiden Seiten die Liebe zum Meer mitbekommen und dem ewigen Suchen nach dem Etwas hinter dem Horizont.

Ende der 1980er-Jahre heirateten sie, entschieden sich für Kinder. Erst mein Bruder, dann ich. Meine Eltern meinten, dass es gut sei, mich nach ihrem Lieblingsschreiber, dem britischen Schriftsteller und Satiriker Adrian Mitchell zu benennen, weswegen mein Name auch auf englische Weise ausgesprochen wird. Das ist der Grund dafür, dass ich mich auch nie davon abbringen ließ, meinen Nachnamen ebenfalls auf englisch hervorzuholen, immer wenn man mich nach ihm fragte. Ich gab dann immer ein Oxford-englisches »Adrian Winter« von mir. Und oft frage ich mich, ob manche Menschen so heißen, weil sie so sind, oder ob sie so werden, weil sie so heißen. Immerhin klingt mein Name konservativ und ich wurde linksliberal. Da besteht Hoffnung.

8

Ein herrlicher Ausblick. Auf dem Thron der Stadt. Auch wenn diese Stadt nicht einsam ist, so ist sie doch allein. Und wer könnte schon ahnen, was sich hinter all diesen Bergen verbirgt? Man kann beinahe alle Häuser der Stadt sehen. Und so fällt die Antwort auf die Frage nach dem Etwas hinter den örtlichen Bergen eigentlich recht leicht: nichts. Da ist nichts. Nichts, was uns vertraut wäre, nichts was uns anheimelnd wäre. Und doch lockt mich dieses Etwas, dieses Nichts, mehr noch als diese Stadt. Diese unzähligen Hektar der Tundra, denn manchmal braucht man das Nichts, um zu wissen, dass man *nicht nichts* ist.

Die Seilbahn brachte uns 350 Meter hinauf, doch hinabsteigen, das wollen wir selbst. Und so stehen wir auf der Aussichtsplattform, lehnen uns über das Glas, als wären wir zwei Adler, die sich gleich in die Lüfte stürzen.

Zwei verliebte Adler. Verrückte Dinge gibt es.

Tromsø zu beschreiben, fällt schwer. Am besten, Sie schauen es sich selbst an. Man stelle sich eine zehn Kilometer lange, schlanke Insel vor, bebaut mit der hügeligen Innenstadt, seinem Flughafen und vielem Weiteren. Auf halber Länge führen auf jeder Seite im großen Bogen Brücken aufs Festland, welches die Insel umzingelt. Der Fjord ist nur nach Norden und Süden offen und kein Gipfel der atemberaubenden Landschaft liegt unter dreihundert Metern. Tromsø wirkt wie ein riesiger natürlicher

Kessel, vielleicht etwas weitläufiger, als dass es sich so anfühlen könnte.

Unten liegen die Schiffe im Hafen, bereit für die Reise in den Süden oder gar noch weiter in den Norden. Zweimal hört man das Nebelhorn der *Midnatsol*, einem Hurtigrutenschiff, das ablegt und sich damit in der ganzen Stadt erkenntlich zeigt. Ich erkläre Iona, was „hurtig" bedeutet, im Englischen gibt es das Wort nämlich nicht. Darauf witzelt sie: »Hurtig! Hurtig! Wir müssen zusehen, dass wir zu Hause sind, bevor es dunkel wird.« Lachen hält am besten warm, denn hier oben schmilzt der Schnee nicht mehr, er wird bis zum nächsten Winter liegen bleiben und die Temperatur kratzt am Nullpunkt.

Der Abstieg stellt sich jedoch als malerisch heraus. Wir stapfen durch das norwegische Fjell, weiter unten durch märchenhafte Birkenwälder. Immer mit dem Anblick der Stadt vor uns. Wir helfen einander, stützen uns bei schwierigen Passagen, denn unbeschwerlich geht das hier wahrlich nicht voran. Bereits nach einer halben Stunde schmerzen uns die Knie.

Weiter unten ist es, es wird ziemlich flach – die Gefahr besteht nur noch durch herabfallendes Geröll – da nimmt sie meine Hand: »Wenn der Felsen mich überrollen sollte, dann wenigstens dich auch.«

Ihre Galgenromantik gefällt mir zunehmend. Doch finde ich darauf nie gute Antworten. Humor in einer fremden Sprache ist die schwerste Disziplin. Ich schweige lieber.

Wortlos und händehaltend kommen wir unten an und gehen zurück durch die bunten Wohngebiete. Nicht zu heiter, nicht zu distanziert. Einfach nur zusammen.

Ich stelle mir ein Leben in dieser Welt vor, denn alle paar Sekunden bekomme ich die Möglichkeit, in ein neues Heim zu blicken. Ein kurzer Augenblick, in dem sich der Alltag jener Menschen für mich lichtet, die diese Umgebung mit Leben füllen, sich gegenseitig Gesellschaft leisten, sich die Einsamkeit vertreiben. Ich sehe die Schlichtheit in den Wohnungen und den materiellen Minimalismus.

Sie werden sich abends schlecht produzierte Fernsehfilme anschauen, ganz wie bei uns, werden in ihren Keller gehen und ihre Hobbys betreiben, Zeit mit ihren Kindern verbringen, die ganze Nacht auf der Terrasse verleben, verpackt in Wolldecken, in Romane vertieft. Einen Alltag gibt es überall auf der Welt. Ob in den Straßen von Kabul, den Stränden der Bahamas oder den Bergen von Tromsø.

9

Das Bild bannt sie. Sie steht davor, wendet ihren Blick genauso wenig ab, wie ich von ihr. Schrägt ihren Kopf etwas an, um das Bild aus allen Winkeln betrachten zu können. Auch wenn sie mir »Komm mal her« sagt, so fühle ich mich momentelang nicht angesprochen. Erst als sie sich umdreht und mich anblickt, kann ich nicht mehr ausweichen. Ihr nähere mich ihr nur langsam, versuche die Geräuschlosigkeit zu halten, der taubenblaue Teppich unter meinen baren Füßen ist zwar weich, aber sehr kalt.

»Findest du das nicht auch schön? Wie sie sich alle freuen...«

Das Bild hängt in unserer Wohnung. Es zeigt das Ende der Polarnacht. Die Sonne übersteigt seit Monaten das erste Mal die Berge, die ersten Sonnenstrahlen prallen ungedimmt auf die weißen Straßen, mit all den fröhlichen Menschen darin, die ihre Arme in die eisige Luft strecken.

Ich stehe nun neben ihr und antworte: »Ja, das ist sehr schön. Würdest du denn hier wohnen wollen?«

»Sicher nicht. Aber nicht, weil ich es hier nicht mag. Casanova sagte einmal: *„Damit einem der köstlichste Ort der Welt missfällt, genügt es, dass man verurteilt ist, dort zu leben."*[2]«

Sie überrascht mich. Zum einen, weil das Zitieren geistreicher Personen immer eher ein Männerding ist. Vermutlich, um Frauen zu beeindrucken. Und zum anderen, weil sie gerade Giacomo Casanova als Zitierenden gewählt hat, einen großen Romantiker. Ein so unglücklich machender Satz hätte auch von mir stammen können.

Das Schöne ist zerbrechlich und vergänglich. Indem wir es ständig haben wollen, machen wir es kaputt.

Anerkennend nicke ich Iona im Mitternachtslicht an. Dann zieht sie sich ihr Shirt lässig über den Kopf und wirft es auf das graue Sofa. Ihre Hände wandern an meine Hose, sie versucht sie aufzuknöpfen. Sie scheitert, ich helfe ihr. Sie hält so lange Augenkontakt, dass ich Gänsehaut bekomme. Ein Glück, dass sie bereits ihre Schlafhose trägt, sonst würde das hier alles zum *Akt* werden. Sie stülpt sie sich von den Beinen und ich fasse um sie, bette sie auf das Sofa, fühle ihre Wirbelsäule unter meinen Fingern. In diesem Moment geht mein Puls immer hinauf. Ich stehe an einer Klippe und soll springen. Doch sobald es losgeht, weicht die Aufregung der Erregung: Sie zieht mich an meinem verbleibenden T-Shirt hinunter und zwingt mich zum Handeln. Ich handle.

Die Gänsehaut hat sie jetzt auch und ihr Stöhnen klingt anfangs etwas leidend, dann befreiend. Die Anspannung der letzten Monate fällt vollkommen ab. Intuitiv nehme ich sie, trage sie ein Stück weit, wir bleiben dabei eins, drücke ihren Hintern gegen die Holwand, das Sofa kann sich erholen. Ich versuche, behutsam zu sein, die Holzwand nicht zu sehr knartschen zu lassen, das ganze Haus würde es hören. Ich muss die Spannung halten, muss in dieser anstrengenden Position die Ausdauer bewahren, ohne völlig in verkrampfte Selbstberrschung zu fallen. Mein Blick weicht immer wieder von Iona ab, hinaus zum Fenster, man sieht Leute über die Straße gehen. Dann blicke ich keuchend auf ein Buch, das auf dem Fernsehtisch liegt. Ihre Lektüre, ein düsterer Thriller von Dennis Lehane. Mystic River. Ich glaube, ich habe irgendwann den Film dazu gesehen. Spielt da nicht Kevin Bacon mit?

Nach langen Minuten kommt das entlastende Zeichen: Ich spüre, dass Iona bereits leiser wird. Sie atmet mehr aus als ein. Alles entspannt sich bei ihr. Auch ich nähere mich, meine Behutsamkeit muss ich aufgeben, will nichts herauszögern, muss es auch gar nicht mehr. Jeder Muskel spannt sich an und dann ist es soweit: Das Schwarz, welches man sieht, wenn man die Augen schließt, erstrahlt zu gleißendem Weiß.

Ein letzter Hieb und das Bild löst sich vom Nagel, kracht zu Boden und wir stehen in tausend kleinen Scherben.

Es war nicht besonders abwechslungsreich oder ausgesprochen lang, aber ein guter Anfang. Die vergangenen Male gab es immer irgendeine Einschränkung oder Spannung. Ich hatte mich praktisch schon daran gewöhnt, dass man erwischt wird oder keinen Muks machen darf. Das gibt dem Ganzen natürlich auch ordentlich Feuer, aber auf Dauer will man's auch mal bequemer haben. Sonst ist es keine wirkliche Freude mehr.

Ich höre noch Michel Houellebecq sagen: »*Es gibt wenige Freuden im Leben. Aber Freuden sind wichtig. Und die Sexualität ist die einzige, die auch noch gesund ist und bei der Exzesse nicht schaden.*«[3]

Er hat recht. Sex ist die einzige Freude, bei der man sich nicht verbraucht. Man erneuert sich. Nun ja, im besten Fall.

10

Es ist ein neuer Morgen. Das Wetter hat sich etwas gelockert, es sind immerhin elf oder zwölf Grad. Wieder ist Ms. Fergusson etwas früher wach als ich. Sie sitzt zusammengesackt, ein Bein über das andere geschlagen, im Ohrensessel an der Fensterfront und studiert sämtliche soziale Netzwerke, lässt kurz ihren Blick über den Fjord und die Wolken wandern und schaut mich dann verträumt und nicht weniger gut gelaunt an.

Wohlgekleidet und bereit für den Tag wirkt sie allemal: Eine olivgrüne Stretchjeans und die von mir heißgeliebte Schafslederjacke lassen mich erröten, während ich in nichts weiter als Shorts dastehe.

Etwa eine gute Stunde später sitzen wir bereits in der Einöde, auf einer Bank mit spektakulärem Blick über das Tal, durch das wir wandern. Wir packen den Snack aus, den sie besorgt hat, als ich noch schlief. Und so quälen wir uns etwas angewidert den im Salzwind getrockneten Stockfisch rein, den wir wohl beide eher im Dienste des kulturellen Austauschs als aus eigenem Interesse, essen. Eines ist klar: jeglicher Kuss wird in den nächsten Stunden entfallen.

Das Rauschen der umliegenden Wasserfälle und Quellen wird übertönt: »Hallo? Hallo!«

Ein bis zu den Zähnen in orangenen GoreTex-Klamotten bewaffneter und stämmiger Mann tritt hinter der Bank hervor. Sein zauseliges, blondes Haar erinnert mich an das von Boris Johnson.

»Wisst ihr, wo es zum Camping geht?«

Ich gucke Iona verdutzt an. Dabei weiß ich es: Der Campingplatz ist weiter unten im Tal, wir haben ihn auf dem Hinweg gesehen. Aber mir fällt das englische Wort für „Tal" im Moment nicht ein.

»Oh, es ist da unten. Nur hinunter ins...« (»Well, it's down there. Just down the...«)

»Tal?« (»Valley?«), fügt Iona hinzu. Danach hatte ich gesucht.

»Okay, danke! Ich bin Dirk! Aus Amsterdam«, hysterisch schüttelt er uns die Hände. »Wo seid ihr beide her?«

»Oh, ehm, Deutschland. Und Schottland«, deute ich auf meine Freundin.

»Ahh, Deutschland. Ihr habt hier oben alles verwüstet, nicht?«, witzelt er. »Habt ihr da hinten nicht noch irgendwo euer Schiff liegen?«

Was er meint ist die *Tirpitz*, ein deutscher Zerstörer, der im November 1944 bei einem britischen Luftangriff vor Tromsø kenterte.

»Mag sein«, sage ich. Mit nationalem Denken kommt man bei mir nicht weit. Das weiß auch Iona. Sie schaut mit fragend an.

»Da kann *er* doch nichts für...«, sagt sie Dirk.

»Passt schon«, lindere ich.

Dirk ist kurzatmig. Er holt zu einem neuen Satz aus: »Habt ihr euch schonmal über die Quelle des Lebens Gedanken gemacht?«

Aus seiner GoreTex-Jacke zückt er einen kleinen, zerknitterten Prospekt. Darauf steht in esoterisch anmutender Schrift

Aquanti. Er reicht ihn uns.

»Wir machen uns über vieles Gedanken. Aber was ist denn die Quelle *allen* Lebens?«

»Wasser. Es ist Wasser«, was mir nach einem billigen Werbespot für das neue Sprudel eines Megakonzerns ist.

Wir schauen uns die Broschüre etwas genauer an, Iona kann sich das Schmunzeln nicht vertreiben, verbirgt es aber hinter ihrem Kragen. Nun, was haben wir denn hier? Ein paar Schriftzüge. *„Zurück zur Quelle des Seins", „Warten auf Aquanimus", „Schöpfen Sie aus reinen Wassern?", „Aquanti – Das Tor zur kosmischen Erlösung".*

»Ich denke, das ist nichts für uns. Wasser ist ja schön und gut, aber man muss es nicht anbeten, um es zu mögen.«

»Hoho, Wasser anbeten!«, bricht er in Gelächter aus. »Nein, nein, wir beten kein Wasser an. Das wäre ja komisch! Unsere Gebete gehören Aquanimus. Und das sollten eure auch!«

Er wirkt erleuchtet. Nun, zumindest so erleuchtet, wie Rauschmittel nunmal erleuchten können.

»Wer ist das? Aquanimus?«, will Iona wissen.

»So wie du das sagst, klingt es wie eine Person. Das ist es aber nicht. Aquanimus ist eher eine Energie. Eine Energie, die ihren Kern jenseits unseres Universums hat. Und irgendwann wird sie, so wie es prophezeit wurde, erscheinen und uns holen. All diejenigen, die aus reinen Quellen tranken, die werden erlöst werden. Und diejenigen, die verseucht wurden, niemals die Reinheit von Aquanimus erfuhren, die werden leiden. Für sehr lange Zeit. Ach, was rede ich da. Es wird keine Zeit mehr geben, das Leiden wird der Urzustand sein.«

»Klingt ja spacig«, pruste ich, ohne ihn verärgern zu wollen.

»Ihr könnt viel Leid verhindern. Ihr wisst es nur noch nicht. Ihr könnt eure individuelle Erlösung finden.«

Es wird Zeit für zwei Fliegen mit einer Klappe. Ich könnte Iona zum Schmelzen bringen und Dirk davon abbringen, mich überzeugen zu wollen: »Weißt du, Erlösung fühle ich schon jedes Mal, wenn ich mit *ihr hier*«, deutend auf Iona, »...Zeit verbringe.«

Der Satz entfaltet die volle Wirkung. Iona guckt, als hätte man ihr einen Antrag gemacht und Dirk schüttelt leugnend den Kopf. »Aber was machst du hier im Norden?«, will ich wissen.

»Unverdorbene Quellen. Man sagte mir, hier könnte ich welche finden.«

»Also, Quellen gibt es hier jedenfalls genug. Ich weiß nur nicht, ob sie deinen Ansprüchen genügen werden.«

»Wir werden es sehen«, sagt er zärtlich. »Ich muss jetzt auch mal wieder los, behaltet den Prospekt bitte. Er wird euer Weg in ein erfülltes Leben sein.«

Seine Vorgehensweise ist für Sektenmaßstäbe äußerst dumm. Er verspricht uns das Gelbe vom Ei. Wäre er ein Profi, würden wir jetzt schon Fragebögen ausfüllen und noch nichts von *unserem Glück* ahnen.

»Ich glaube nicht.« Ich bin äußerst skeptisch.

Iona packt bereits unsere Sachen zusammen, den Stockfisch vergisst sie glücklicherweise. Sie geht zurück auf den Wanderweg nach Dalheim.

»Wie heißt du?«, fragt Dirk mich.
»Adrian.«
»Hör mal, Adrian.« Er spricht meinen Namen furchtbar mitteleuropäisch aus. »In irdischer Liebe wirst du keine Erlösung finden.«
»Doch... Ich denke schon.«

An Orten, an denen wir noch nie waren, verlieren wir unsere Biographie, unsere Scheu vor dem Neuen, unsere Hürden. Wir bringen die Welt in Reichweite, machen uns mit ihr, der Welt, und dem Neuen bekannt und weiten Zentimeter für Zentimeter unsere Kenntniszone aus.
Diese Landschaften, diese Gefilde. Sie erinnern mich an etwas Frühes. An etwas Unschuldiges.

Kindheit

1994, Alter 2. Ein kleiner Knirps wird auf dem Rücken seines Vaters durch die schwedischen Birkenwälder getragen. Seine Reisegruppe kommt zu einem See. Sein Vater setzt den Kleinen ab, lehnt ihn an einen Baum und lässt ihn das Schauspiel des kollektiven Ins-Wasser-Springens der kompletten Freizeitgruppe beobachten.

Das ist nur ein Erinnerungsfetzen. Aber die erste bewusste Erinnerung, die ich habe. Der Rest, der bis dahin geschah, ist verschwunden. Und es hat viel Zeit gefressen, diese Erinnerung zu identifizieren und zeitlich vor all die anderen Erinnerungen einzusortieren.
Als Kind war ich brütend und schüchtern. Verschmitzt und unsicher. Das glaube ich zumindest. Ich kann mich erinnern, dauernd Sonnenschein genannt worden zu sein, aber das war ich eher im Stillen. Brav war ich aber dennoch nicht. Denn ich konnte gerne mal, wenn ich denn wollte, meine Mutter auf dem Balkon aussperren oder meinen Großvater im Schuppen einschließen. Von krimineller Energie ist da nicht zu reden, ich habe zum Beispiel nie geklaut oder so, aber es ist immerhin etwas. Trotz meiner Schüchternheit hatte ich einige Freunde. Eigentlich war ich mit allen befreundet, mit den Beliebten und den eher Unprivilegierten gleichermaßen. Das wurde aber alles von außen an mich heran getragen, ich musste es nur zulassen. Ich musste nur sagen: »Natürlich sehen wir uns heute Nach-

mittag. Um drei bei mir. Nett, dass du fragst.«

Selten mal gucke ich mir alte Bilder an. Und ich erkenne mich nur schwer wieder. Ich habe mittlerweile eine solche Distanz zu meiner Kindheit, zumindest zur Visualität meiner Kindheit. Ich frage mich, bin das wirklich ich da auf dem Bild? Es fühlt sich fremd an. Ich frage mich, das ist es jetzt? Das Fundament meines Lebens? Das, worauf alles aufbaut? Ich erinnere mich manchmal nur sehr schwer, es ist so weit weg. Meine Kindheitsjahre sind die ewig zurückliegenden Morgenstunden nach einem langen, langen Tag.

Meist sind auf den Bildern Kindergeburtstage zu finden, dem Inbegriff von Buntheit, für die unsere Eltern immer riesige Aufwände betreiben. Doch wenn ich nach den entscheidenden Kindheitsmomenten suche, dann sind mir diese Bilder nicht behilflich. Das Leben findet dazwischen statt. Zwischen den Festen, zwischen dem Konfetti und dem Glanz. Die Kindheit ist ein Geruch, ein Geschmack, eine bestimmte Lichtstimmung, das Gefühl der Nestwärme. Oder diese verlorenen Sonntagabende.

Kindheit scheint mir kurzsichtig. Man hangelt sich von Tag zu Tag und die einzige Voraussicht ist das tragende Gefühl der Vorfreude, auf einen bestimmten Tag, auf ein Fest. In der Kindheit ist jeder Tag eine neue Chance, als Erwachsener ist jeder Tag eine neue Chance, es zu vermasseln. Ich weiß, ich verkläre, ich romantisiere. Es macht mir nunmal Spaß.

Die Weitsicht erschlägt mich dauernd: Denn heute muss ich am besten schon wissen, wo ich in zehn Jahren landen will. Ich will aber nicht einmal wissen, wo ich in einem Jahr bin. Doch das Treibenlassen wird immer schwieriger, Sicherheit ist mit Weitsichtigkeit verbunden. Ich aber will meine Sicherheit in der Freiheit finden, in der Unbeständigkeit. Die Dinge sind kompliziert geworden.

Unsere Reise ist noch jung. Und gewissermaßen verbringt man die ersten Tage des Reisens wie die ersten Jahre des Lebens. Entdeckend. Deswegen fühlt sich jede Reise für mich wie ein neues Leben an. Und hinzu kommt, dass jeder Tag in der Ferne auch noch eine legitime Entschuldigung dafür ist, sein gähnendes Philosophiestudium und alle weiteren unangenehmen Pflichten des Lebens zu vergessen, auszublenden, zu vertreiben. Ich trete jede Reise mit dem Gedanken an: Vielleicht bleibe ich ja dort, wer weiß. Dann muss ich mich um all das nicht mehr kümmern. Vielleicht schaffe ich die Flucht in ein anderes Leben, den Sprung auf die andere Seite.

Wir sehen uns drüben.

1997, Alter 5. Ein kleiner Junge hat häufig Albträume. Er ist Schlafwandler. Auch diese Nacht träumt er von schlimmen Dingen und steht unter Tränen wie hypnotisiert aus seinem Bett auf. Es ist kurz vor Weihnachten. Vor dem Schlafengehen hat er sich ein rotes Rentiergeweih aufgesetzt. Als er ängstlich und zitterig den Flur hinuntergeht, um sich Trost von seinen Eltern zu holen, da sieht sein Vater, wie ihm ein halbschläfriges Rentier entgegenkommt. Das Lachen kann er nicht unterdrücken.

12

Für eine dubiose Sekte angeworben werden? Check!
Man könnte meinen, das sei genug für einen Tag, doch das ist es nicht. Iona und ich haben uns fest vorgenommen, in diese Bar zu gehen, an der wir seit Tagen vorbeigehen, das *Gründer*. Natürlich weiß ich von der deutschen Bedeutung des Wortes, weiß aber nicht, was sich, gerade hier in Norwegen, dahinter verbirgt.
Ich nehme noch eine Dusche, bevor wir uns aufmachen. Ich lasse das Fenster offen, mag es, dass mich der kalte Luftzug umso mehr unter den wärmenden Wasserstrahl drängt. Der heiße Dampf durchdringt das ganze Bad.
Als ich die Tür öffne, kommt sie mir entgegen und stellt sich vor den halb beschlagenen Spiegel, betrachtet sich. Ein Hauch ihres Parfums umschwingt mich. Für sie ist das In-den-Spiegel-Gucken nicht so sehr verbunden mit Eitelkeit, viel eher ist es eine Art physischer Selbstreflexion. Es ist eine Unsicherheit sich selbst gegenüber, die sie versucht zu lindern.
Ich selbst wiederum würde mich durchaus als eitel bezeichnen, wobei auch ich alles andere als frei von Unsicherheit bin. Es ist, als müsste ich mir beim Blick ins eigene Gegenüber jedes Mal auf Neue beweisen, dass ich nicht abstoßend aussehe oder zumindest etwas mehr Ausstrahlung als ein Toastbrot besitze.
Das ist anstrengend.
Der gewohnte Weg hinunter in die Stadt stellt sich als reine Routine heraus, nach zwei Tagen ist es schon fast, als würden

wir hier wohnen. Wir suchen das *Scandic Grand Hotel* auf, dort im Erdgeschoss befindet sich die Bar. Ein Blick hinein, der Weg an die Theke, die Bestellung. Das ist eine leichte Übung und scheint überall auf der Welt ähnlich zu sein, auch hier. Die Globalisierung macht das Reisen weit weniger aufregend.

Unser erstes Bier geht vorüber, was hier wahrlich kein Schnäppchen ist, man sollte schon mit mindestens acht Euro pro Glas rechnen.

Moment mal. Dieses Lied kenne ich doch, oder? Ja, ja, ich kenne es. Da sitzt man fast am Ende der Welt in einer Bar und hört *You're My Heart, You're My Soul* von *Modern Talking*. Da weiß man es: Man ist Zuhause. Iona kann meine Euphorie nicht ganz verstehen, doch kann ich auch verstehen, dass sie mich nicht versteht. Man muss in Deutschland aufgewachsen sein, um diesen Kitschenthusiasmus nachvollziehen zu können. Es ist nun mal das Abgestandenste, was wir zu bieten haben.

»Ich habe mal eine Frage...«, eröffne ich.

»Hau raus, Ad«, antwortet sie schwungvoll.

»Was wählst du eigentlich? Hast du für den Brexit gestimmt? Und davor für die Unabhängigkeit Schottlands?«

Sie stellt ihr Bier auf ihrer Lederleggings ab und greift nach zwei halben Erdnüssen.

»Willst du jetzt ernsthaft mit Politik anfangen? Ich bin doch hier, um dem ganzen Wahnsinn zu entkommen.«

»Hey, so schwer ist die Frage nicht.«

»Und was ist, wenn ich dir sagen würde, dass ich gegen den Brexit und sogar gegen die Unabhängigkeit gestimmt habe?

Aber du weißt ja sicherlich, bei dem zweiten ist sich jetzt niemand mehr sicher. UKIP ist trotzdem ein Haufen Vollidioten.«

»Hehe, also bist du eine Vorzeigeschottin? Und was wählst du dann?«

»Was glaubst du denn, was ich wähle?«

»Sag schon!«

»Sag erst, was du glaubst.«

»Naja... Vielleicht Labour? Oder eher Green? Liege ich richtig?«

»Ist das denn so wichtig? Ich verstehe nicht ganz, warum dich das so brennend interessiert. Vielleicht bin ich ja nicht so politisiert, wie du meinst.«

»Doch, ich denke schon, politisch bist du zumindest. Würdest du das nicht auch von dir sagen?«

»In gewissem Maße ist ja jeder Mensch politisch. Das heißt aber nicht gleich, dass er eine bestimmte Partei wählt. Das ist doch gerade das Interessante, dass es nicht mehr dasselbe ist.«

»Also bist du Nichtwählerin?« Ich gebe zu, dass ich mich ein wenig dumm stelle.

»Nein, ich bin keine Nichtwählerin. Aber wieso willst du das so brennend wissen, sag mal?«

»Du musst es nicht sagen, aber du interessierst mich nun mal ungemein, Entschuldigung.«

»Ja, aber das ist doch das Problem. Wenn ich dir jetzt nichts sage, dann stehe *ich* blöd da. Du sagst es so, dass ich etwas sagen *muss*. Du lässt mir wirklich keine Wahl.«

»Ist egal. Wir sollten das Thema wechseln. Such dir etwas aus, worüber du reden willst, ich wollte dich wirklich nichts Indiskretes fragen.«

»Schon okay. Gib mir einen Moment, ich überlege mir was.«

»Du hast Zeit. Das Bier wird nicht günstiger.«

Wieder tritt die Musik in den Vordergrund. Schließlich gibt sie dem offensichtlichen Druck nach: »Also, wenn du es unbedingt wissen willst: Scottish National Party! Die fucking Scottish National Party habe ich gewählt!«

»Oh...«, erwidere ich. »Ist das gut?«

»Du machst mich fertig!«, seufzt sie lächelnd. »So, wir reden jetzt mal über Beziehungen«, sagt sie gewieft.

Will sie mich ernsthaft überrumpeln? Ich gebe zu, eines meiner Lieblingsthemen, aber ich bin nicht vorbereitet! Außerdem habe ich es immer kritisch gesehen *in einer Beziehung* darüber zu reden. Ist das nicht ein Theoretisieren der ganzen Sache? Dabei mutet ihre Frage etwas ganz anderes zu:

»Wieviele Freundinnen hattest du vor mir? Das habe ich dich noch nie gefragt, glaube ich.« Da hat sie recht. Mein Herz wird deutlich schneller. Gibt es darauf eine Antwort, bei der man gewinnen kann?

»Nun, lass mich rechnen. Mit siebzehn die erste... Dann mit zwanzig. Und danach noch so zwei eher kurzfristige Sachen. Nicht der Rede wert.«

»Du meinst also, zwei bis vier? Sehr präzise, Adrian!«

»Sagen wir drei!«, runde ich auf. »Du bist am Zug, Iona. Wieviele du?«

»Du willst es wirklich wissen?«

»Ja, will ich.« *Nein, will ich natürlich nicht.*

»Sechs.« Sie stützt sich verträumt auf ihren Unterarm.

»Sechs?! Gibt es überhaupt so viele männliche Bewohner auf deiner Insel?« Sie schlägt mich freundschaftlich. Wären wir noch nicht zusammen, wäre das ein gutes Zeichen. Doch jetzt nicht mehr. Bin ich vielleicht nur einer von vielen?

Ich wage mich auf dünneres Eis: »Wenn du so viele Freunde hattest... Du weißt wie du aussiehst, du könntest sowieso jeden haben. Wieso hast du dich für mich entschieden? Ich meine, für mich? Ich kann vieles verstehen, aber das nicht.« Ich gebe zu: Ich werde mich mit keiner Antwort zufrieden geben.

»Ganz ehrlich? Das kann ich dir nicht sagen. Aber ich kann dir sagen, dass ich es nicht bereut habe. Keinen Moment. In einer Welt, in der jeder weiß, was er sein will, aber keiner weiß, was er machen soll, sollte jeder jemanden wie dich haben.«

Nun gut, ich *gebe* mich zufrieden. Dass sie ihre Antwort sogar noch auf ein weltpolitisches Niveau hebt, hätte ich nicht gedacht. Ein gegebener Anlass, um mein Glas zu leeren. Bei beinahe jeder anderen Antwort hätte ich mich gerne betrunken, doch das ist hier so schweinisch teuer. Auch wäre Bier in diesem Falle nicht das richtige dazu gewesen, denn es macht durchaus einen Unterschied, womit ich mich betrinke. Wenn ich mir mit Bier einen hinter die Binde kippe, dann will ich nichts weiter als Erheiterung. Das wäre hier nicht der Fall gewesen. Wenn ich mich mit hartem Alkohol wie Gin oder Whisky betrinke, dann will ich mich betäuben. Schon eher. Wenn ich mich jedoch mit Wein besaufe, dann will ich

Zuneigung, will erkannt und beachtet werden, suche nach Wärme. Es ist sicherlich die selbstmitleidigste Art, sich zu betrinken, in diesem Fall aber die passendste.

Aber wenn ich mir das vor Augen führe: Sechs!

Das löst ziemlich irrationale Gefühle in mir aus. Ich bin eifersüchtig auf all ihre vergangenen Liebhaber, das muss man sich mal denken! Das sage ich als derjenige, der gegenwärtig mit ihr zusammen ist. Vor allem nervt mich dieses Gefühl, weil ich eigentlich etwas ganz anderes vertreten will. Ich bin gegen alles Besitzergreifende in Beziehungen. Man gehört sich schließlich nicht. Ich hatte vor ihr ja auch Freundinnen. Wer weiß, vielleicht habe ich für diese zwei bis vier Frauen ja zusammen mehr empfunden, als sie für alle sechs? Da hätte sie allen Grund zur Eifersucht. Aber wir müssen nun mal ertragen, dass wir beide Biographien haben. Wir sind verseucht vom hollywoodschen Exklusivitätsgedanken.

13

Dieser bittere Alkoholgeschmack im Mund. Zu viele Cocktails gehabt, eine Rechnung von 750 Kronen nur für *meine* Drinks, ich traue mich gar nicht, das in Euros umzurechnen. Gegen halb drei sind wir dann, wie zwei Rehe im Scheinwerferlicht, im Sonnenschein nach Hause getapert. Auf dem Weg wurde ihr schlecht, ein paar Vorgartenbesitzer werden sich heute morgen freuen.

Das Sonnenlicht von letzter Nacht wich dem Regen. Hinaus muss ich allein, Iona erholt sich, konnte wieder schlecht schlafen. Sie hat ziemlich gewühlt vergangene Nacht.

Ich flüchte mich durch die Himmelsergüsse und betrete ein zitrusgelbes Gebäude aus der Gründerzeit. Vorne hängt ein modern glänzender Schriftzug: *Nordnorsk Kunstmuseum*.

Gemälde schaue ich mir immer gerne an. Dabei ist mir eigentlich egal, ob es sich um klassische Kunst oder moderne Kunst handelt, wenngleich ich den klassischen Stil etwas besser deuten kann.

Ich gehe durch die Gänge, betrachte jedes Bild einzeln, auch wenn ich finde, dass manche von ihnen etwas zu nah beieinander hängen. Sich schnell in einem Bild zu verlieren, das kann ich jedoch gut, und deswegen bleibe ich bei einigen Motiven mehrere Minuten hängen. Viele Szenen der Lofoten, die südlich von hier liegen, aber wenige Nordlichter. Andererseits: Wie soll man sie auch malen? Ein unbeständiges Naturphänomen wie dieses, das auf einer Leinwand sowieso nicht die gewünschte Wirkung entfalten könnte.

Ich höre seltsame Geräusche. Schaue um die Ecke. Gleich auf der Bank neben dem *Pariser Modell* von *Edvard Munch* sitzt eine junge Frau. Sie schluchzt. Einige Strähnen ihrer Haare sind bereits in Tränen getränkt. Noch hat sie mich nicht gesehen, ich könnte mich wegstehlen, sie ignorieren, jeder hat seine eigenen Probleme, könnte ich mir sagen. Doch das will ich nicht. Um Gottes Willen, ich bin kein Mensch, der gerne Fremde anspricht, das tue ich nur, wenn ich es muss. Aber jetzt muss ich es. Ich gehe auf sie zu, auch wenn sich jede Zelle in mir dagegen wehrt, zücke ein Papiertaschentuch, reiche es ihr, setze mich mit neutralem Blick neben sie. Sagen kann ich nichts. Mir kommt einfach nichts über die Lippen, was mich wirklich ärgert. Zwei, drei Mal lege ich mir innerlich einen Satz zurecht, kann ihn aber nicht aussprechen. Wir verstehen uns dennoch, existieren nebeneinander, haben uns auf die Stille geeinigt. Und das für Minuten.

Unweigerlich kommen mir lustige Gedanken. Ich stelle mir vor, wie jemand ihre Haare auswringt, um sie zu trocknen. Wie jemand eine Windmaschine herbeirollt, weil ein Fön nicht mehr reicht. Die ganzen schönen Bilder würden von den Wänden segeln. Das wäre nicht die schlechteste Idee, sie würde wohl nicht mehr lange weinen, sondern sich vor Lachen auf dem Boden kringeln.

»Liebe ist nicht fair...«, klagt sie.

Wenn sie jemand verstehen kann, dann ich. Ich vergesse meine Biographie nicht, kenne die Verwerfungen, weiß, dass ich im

Moment privilegiert bin. Ich habe Iona bekommen, meine Zynik aber nicht verloren. Glückliche Liebe ist eine Krankheit für arme Leute, die sonst schon genug Probleme haben. Was immer ihr widerfahren ist, ich kann mich sofort in sie hineinversetzen und mich für einen Moment zum Mitleidenden machen. Ich könnte ihr all den Rotz von glücklicher Liebe erzählen, dass es alles gut werden wird, aber ich würde mir selbst nicht glauben. Kriege das Würgen bei dem Gedanken, so ein aalglatter Romantiker geworden zu sein. Natürlich wärmen mich Gedanken an Iona, an unsere Beziehung und an das, was wir haben. Doch wenn ich ehrlich bin und konsequent meinem Bild von Romatik folge, dann muss ich sagen: In dem Moment, in dem sie mich das erste Mal küsste, verlor sie ihren Reiz.

»Liebe ist nicht fair«, sage ich. »Sie ist auch nicht unfair. Sie ist, was sie ist. Unheilbar.« So etwas Verbittertes habe ich lange nicht mehr von mir gegeben.

»Ganz sicher?«

»Irgendwie schon...«

»Scheiße.«

»Darf ich fragen, was vorgefallen ist?«

»Mein Mann hat mich betrogen.« Das Schluchzen, welches sich für wenige Sekunden verabschiedet hatte, kehrt wieder. Zeit für ein zweites Taschentuch. Da ist es doch klar, dass es ihre Welt erschüttert. Diesen Arsch würde ich mir gerne vornehmen.

Es ist ein denkbar schlechter Moment für einen Anruf, denn mein Rufton erklingt in unfassbar großer Ironie und Zynik:
»*You can go your own waaaay, go your own waaaay...*«

Fleetwood Mac reitet mich wirklich in die Scheiße.
»Entschuldigung!«, sage ich.
»Schon gut, geh ruhig ran, ich bin stabil. Aber mach den beschissenen Song aus«, seufzt sie, was ihr ein erstes Lächeln abfordert. »Kann ich deinen Namen noch hören?«
Natürlich kann sie das. »Adrian.«
»Danke, vielleicht benenne ich ja mal einen Hund nach dir oder so«, meint sie.
Ich erwidere mit einem sanften Lächeln und lege kurz meine Hand auf ihren Rücken, gemeint als Ermutigung.
Dann stehle ich mich hinter die nächste Ecke und nehme Ionas Anruf an: »Hey, wo bist du?«
»Kunstmuseum. Nichts Besonderes.«
»Meinst du, wir könnten uns zum Essen treffen?«
»Gerne, wenn du willst.«
»Dann treffen wir uns um sieben beim Pinocchios? Du weißt, wo das ist, oder? Gegenüber vom *Scandic Grand*.«
»Ja, ich weiß. Hast du dich erholen können?«
»Schon okay.« Es klingt nicht gerade, als hätte sie einen Wellnessurlaub hinter sich.
Ich mache mich auf den Weg, vorher nochmal am Hafen vorbei. Gerade ein neues Schiff angekommen. Man wird schnell wieder zum kleinen Jungen, zum Schaulustigen, zum Flaneur.
Mir bleiben die Gedanken von der Liebe im Kopf. Als etwas, das sich der Wertung entzieht, etwas, das man einfach hinnehmen muss und nicht als Ungerechtigkeit abtun kann. Das Begehren lässt irgendwann nach, ganz klar. Doch was dann?

Späte Kindheit

Die späte Kindheit ist wie das Ende der Verliebtheit. Man muss sich mit Realitäten auseinandersetzen, vor denen man bisher beschützt wurde. In diesem Alter wird einiges anders. Einem wird erzählt, wenn Menschen sterben, Tatsachen werden nicht mehr in Watte verpackt, die Welt verliert ihre Unschuld und der allumfassende Schleier ist weg. Man kennt es jetzt endlich, das Leben.

Meine Eltern trennten sich als ich zehn war. Das war meine größte Realität. Ich sollte jedoch gestehen, dass ich das Ganze anfangs recht aufregend fand, ein typisches Phänomen meiner Generation. Das ist gut zu verstehen, immerhin feiert man zweimal Weihnachten, bekommt mehr Geschenke und fährt zweimal in den Urlaub. Und auch plötzlich woanders zu wohnen, - ich ging mit meiner Mutter mit - war ziemlich neu für mich. Ich dachte, der Streit würde sich erstmal legen, doch so leicht lässt sich eine gemeinsame Existenz nicht auseinander dividieren. Doch immerhin rechne ich meinen Eltern hoch an, dass sie sich nie um ein Bowlegeschirr oder Handtuchhalter oder so einen Scheiß gezankt haben. Gott weiß, solche Paare gibt es.

Dennoch äußerten sich natürlich meine inneren Komplexe. Zum Beispiel darin, dass ich ohne Ende zeichnete. Für meinen Papierverschleiß müssen wohl halbe Wälder draufgegangen sein, so viel tat ich es. Und es bekam auch irgendwann richtig manische Züge. Ich musste mich einfach irgendwie veräußern.

Ich war irgendwie ein hilfloses Kerlchen, denke ich. Mit meinem Berufswunsch, Wachsoldat der Queen zu werden, stand ich auch eher alleine da. Doch das war gar nicht schlimm, ich fing ein bisschen an, in meiner eigenen Welt zu leben. Verlängerte das Gefühl meiner Kindheit, wobei mich die späteren Jahre doch sehr schnell erwachsen werden ließen, wofür ich recht dankbar bin. Heute weiß ich, dass diese Jahre mitentscheidend für all das waren, was danach folgte. Dazu später mehr.

Es ist schwer zu sagen, was das Wesen eines Kindes antreibt. Die Neugier sei da wohl zu nennen. Doch wohnt auch jedem Kind das Gegenteil inne: der Konservatismus.

Sie kopieren Verhalten, das es schon gibt. Kinder gucken sich alles von ihren Eltern ab, sie konservieren es. Musikgeschmack, Manieren, später selbst die politischen Weltbilder. Ja, weil sie es einfach noch nicht besser wissen. Zum Glück erfand irgendein unheimlich schlauer Mensch die Pubertät, sonst hätte die Welt weit mehr Fehler mehrmals begangen und würde sie vermutlich immer noch begehen.

15

Ich sitze bereits am Tisch, als Iona die Szene betritt. Sie sieht weitaus erfrischender aus, als ich sie erwartet hätte. Eine Note von Enthusiasmus und die Freude, mich zu sehen.

Ein quirliger Italiener lotste mich zuvor zum Platz und ich werde das Gefühl nicht los, dass ich in einem Film von *Woody Allen* gefangen bin. Wir wollen gerade unsere Bestellung auf Englisch aufgeben, bei einem anderen Kellner, der uns besser versteht, da wendet er sich an mich und fragt mich, wo wir denn herkommen. Ich antworte erstmal nur für mich und gebe mich als Deutscher zu erkennen.

»Das hab' ich doch gleich gehört«, grinst er in akzentfreiem Deutsch. Erstaunen wandert in mein Gesicht, also frage ich ihn woher er die Sprache so gut kann. Er meint, er stammt aus Kolumbien, ist aber in Deutschland aufgewachsen.

Das hatte ich wirklich nicht kommen sehen. Wir geben uns schnell die Hand und ich erfahre seinen Namen: Eduardo.

Iona hat bis jetzt kein Wort verstanden und ich weihe sie in die Situation ein und stelle sie ihm vor: »Das ist meine schottische Freundin Iona.« Mit einem mich abfragenden Blick hält sie ihm die Hand herüber. Dann ist unsere Bestellung dran, die wir bilingual aufgeben. Klein ist doch die Welt.

Kurze Zeit später fällt zweimal der Strom in der ganzen Stadt aus. Das würde selbst *Woody Allen* nicht hinkriegen. Wahrscheinlich ist irgendjemand in Trondheim über das Kabel gelaufen. Wer weiß das schon. Jedoch stellt sich dabei eine amüsante Situation ein: Durch den Stromausfall springen alle Ampeln auf rot. Ich will den Nordeuropäern keine sonderliche Obrigkeitshörigkeit unterstellen, schon gar nicht als Deutscher, aber zumindest bleiben sie alle an den Straßenkreuzungen stehen, warten auf das Grünsignal, niemand rührt sich mehr vom Fleck. Von Minute zu Minute wächst unsere Belustigung.

Ich schlafe wieder mit ihr. Dieses Mal geht die Initiative aber von mir aus. Es ist etwas entspannter und nicht so eintönig wie beim ersten Mal. Meine Nachdenklichkeit bleibt aber nicht aus, ich kann es einfach nie so stehen lassen. Für heute bin ich Realist und Melancholiker und lasse mich von keinem Verliebtheitsschleier einfangen.
Seien wir doch ehrlich, im Grunde sehen die wenigsten Menschen unbekleidet schöner aus als angezogen. Das liegt aber nicht an der fehlenden Schönheit der Menschen. Nein, nein, viel eher haben wir die Kunst der Verhüllung perfektioniert.
Wenn ich übrigens das Wort „schön" verwende, dann folge ich natürlich dem aktuellen Schönheitsideal, dem Konsens der Mehrheit. Ich selbst finde ganz andere Sachen schön. Dieser Perfektionswahn lässt mich kalt. Wenn, dann bin ich Anti-Perfektionist. Ein Gesicht, das *perfekt* ist, ist *langweilig*. Ich finde in winzigen Details meine eigenen Ideale, die daraus bestehen, nicht ideal zu sein, wenn man so will.
Manchmal sind es leicht asymmetrische Augenpartien oder ein winziger Leberfleck oder meinetwegen auch ein Zahn, der sich nicht ganz in die Reihe einpasst und damit die Symmetrie über

den Haufen wirft. Die Sache mit der Symmetrie ist doch die: Wenn du die eine Seite gesehen hat, weißt du, auf der anderen Seite erwartet dich genau dasselbe. In innerer Schönheit gibt es doch auch keine Symmetrie. Aber kann man das vergleichen?

Im Prinzip besteht kein Zusammenhang zwischen innerer und äußerer Schönheit. Manch einer würde vielleicht sogar sagen: »Die Liebe ist wie eine Frucht. Die süßesten Erdbeeren sind die matschigen.« Ich würde dieses Zitat nicht unbedingt unterschreiben wollen. Aber ich sage diesen Satz immer wieder gerne, da man an dem Gesichtsausdruck des Gegenübers ablesen kann, woran er als erstes denkt.

Manchmal trifft man jemanden, in dem sich innere und äußere Schönheit beiderseits wiederfinden, Iona zum Beispiel, und man weiß, dass dieser Jemand zu einem passt. Das ist sehr selten. Es kommt vielleicht ein oder zwei Mal im Jahrzehnt vor, eine gewisse Kompatibilität zu entdecken, ein Übereinstimmen. Menschen, mit denen wir wunderbar auskommen könnten, treffen wir zwar andauernd, aber das beinhaltet nicht diese besondere emotionale Ebene, die ich meine. Nämlich, dass die Veranlagungen des einen, vielleicht sogar manche Fehler, in die Sehnsüchte des anderen greifen. Aber wie gesagt, das kommt äußerst selten vor. Eher lohnt es sich, auf die nächste Frau von Lothar Matthäus (einer der wenigen Leute, bei denen man im *Google*-Feld für Ehepartner auf „*mehr*" klicken kann) zu warten, die kommt sicherlich.

Viele erwarten diese Schnittmenge aber von jedem Partner. Erwarten, dass ihr Partner so perfekt wie ein Charakter aus

einer mittelmäßigen Hollywoodschnulze ist. Perfekte Menschen sind aber nichts weiter als schlecht geschriebene Charaktere.
Es wird an der Erwartung scheitern, denke ich dann, denn sie wollen diesen irren Hollywoodtraum träumen, den Traum von endloser Liebe, dabei ist *jede* Liebe endlich. Was aber auch nicht so schlimm ist, denn das größte Opfer, dass wir für jemanden bringen könnten, wäre das eigene Leben. Spätestens dort fängt, sofern man nicht religiös ist, die Endlichkeit an.
Ich habe etwas den Faden verloren. Was ich eigentlich sagen wollte war, dass, wenn man jemanden trifft, mit dem es passt, dann heißt das ja nicht gleich, dass daraus etwas entstehen müsse. Ich habe bereits Mädchen getroffen, von denen ich wusste, dass sie nahezu ideal für mich wären, meine Widerlichkeiten verblassen lassen könnten, dass man sich wirklich bereichern könnte, doch habe ich sie nur sehr kurz gesehen, vielleicht eine halbe Stunde, auf einer Feier möglicherweise und dann waren sie wieder weg. Manchmal haben Wegkreuzungen im Leben eben nur einen Schnittpunkt und dann ist man zu mutlos, um etwas zu unternehmen. Interessanter jedoch sind diejenigen Personen, die länger um einen herumschwirren. Diese Eintagsfliegen der Liebe sind vielleicht ganz gut, um das Bedauern zu fördern, doch finde ich es spannender zu beobachten, wie sich die Rollen mancher Freunde über die Jahre verändern. Das gilt ja für Freundschaft und Liebschaft gleichermaßen. Man lebt mit einer gemeinsamen Biographie, kennt sich *irgendwie* und doch gibt es noch so viele tote Winkel im Charakter des anderen. Man hat nie richtig den Sprung ge-

schafft, hat sich nie zusammengesetzt und mal gefragt: »Wer genau bist du denn jetzt eigentlich? Was hat dich zu dem gemacht, der du jetzt bist? Wie knüpfst du eigentlich deine Gedankenfäden zusammen?« Es war immer nur lauwarm, vielleicht handwarm, aber nicht so doll, dass man sich daran hätte verbrennen können.

Jeder Charakter ist ein Mysterium, das darauf wartet, gelüftet zu werden. Das darauf wartet, dass man die Vorhänge aufreißt, darauf wartet, sich lichten zu lassen, den Stoff abgeklopft zu bekommen, den Staub fallen zu lassen, verstanden zu werden. Das ist menschliches Verlangen. Und ich finde es sehr besonders, wenn man, neben dem Äußeren, vor allem den Charakter von jemandem schätzen kann. Das ist sehr schwer, zumindest für mich. Ich würde behaupten, es ist mir somit auch erst zwei- oder dreimal gelungen, den Charakter ebenso wie das Äußere zu verehren. Es ist einfach, sich auf Laster und Unzulänglichkeiten zu fixieren oder sich von Äußerlichkeiten leiten zu lassen, für uns Männer zumindest. Ideale finden wir immer und überall. Aber, dass es kein Modul im anderen gibt, das man, wenn man könnte, austauschen würde, weil das sonst eine innere Ordnung zerstören würde, die man so niemals und nirgendwo wiederfinden könnte, *das ist besonders*.

Aber natürlich will sich weder innere, noch äußere Schönheit messen lassen. Sie ist einfach da, taucht manchmal in den komischsten Momenten auf. Ich bin nicht der Erste, dem auf einer Trauerfeier auffiel, dass er auf eine entfernte Verwandte steht. Nur ein Witz, ich war nie auf einer Trauerfeier.

16

Der vierte Morgen.
Dass Iona so schlecht mit der ständigen Helligkeit zurecht kommt, macht unseren Urlaub zu einer Herausforderung. Gestern schlief sie tagsüber, blieb nachts auf. Einmal bin ich um etwa vier aufgewacht und hörte es nur aus der Küche bruzzeln.
Ich weiß, dass es Zwietracht sät, dem anderen beim Einschlafen zugucken zu müssen. Die Langeweile ist im Anflug, weiß man dann. Und so bleibt uns nur noch der gemeinsame Abend.
Die Wolken hängen so tief, dass man die Berge nur zur Hälfte sieht. Ich gebe Iona einen Kuss auf die Stirn, hoffe, dass sie es bemerkt und schließe die Tür hinter mir. Es ist verhältnismäßig früh für mich, um neun Uhr bereits draußen auf den Beinen zu sein. Für jemanden, der seine Kreativphase zwischen 22 und 24 Uhr hat, sind das spanische Dörfer. Aber wie immer ist die Welt schon vor mir wach. Ich habe, was das Frühstück anbelangt, freie Auswahl.
Am Hurtigrutenkai fällt mir ein amerikanisches Diner auf. Ich trete ohne große Umwege ein, schreite bis zum letzten Fenster durch und lasse mich auf das rote Leder, in eine gemütliche Sitznische, sinken.
Gleich wird mir die Karte vorgesetzt und nicht nur das Essen ist hier amerikanisch, der Akzent ist es auch. Sobald ich meine Wahl treffe, bekomme ich ein halbherziges »Awesome« zu hören. Draußen setzt der Regen ein und pladdert an die Scheiben, was es hier drinnen umso gemütlicher macht.

Nun, jetzt sind wir wieder allein miteinander. Gemerkt? Ich stelle Sie mir einfach als mein Gegenüber auf der roten Lederbank vor. Über was würden wir wohl reden? Über was wollten Sie denn reden? Gäbe es da etwas?

Wenn Sie wollen, können Sie sich natürlich auch einfach ein bisschen umschauen. Können Sie nicht, ich weiß. Aber ich kann das für Sie machen. Zum Beispiel in der Reihe hinter Ihnen, ja, Sie müssten sich jetzt mal kurz unauffällig umdrehen, fallen mir die Gäste auf. Ja, genau, die vier. Drei Männer und eine Frau. Und sie scheinen großen Spaß zu haben. Vor allem kann ich sie verstehen, da sie sich auf Englisch unterhalten. Warten Sie einen Moment, da kommt meine Lobster Bisque, auf gut Deutsch: Hummercremesuppe. Sie wollten doch nichts zu essen, oder? Riecht auf jeden Fall sehr gut. Ich sollte sie essen, bevor sie kalt wird. Ich weiß, was Sie jetzt denken: Hummercremesuppe? Dann auch noch zum Frühstück? Als Student? Klingt dekadent. So what. Spätestens nach unserem Barbesuch habe ich aufgehört, das ausgegebene Geld zu zählen. Schließlich lebe ich ja nicht, um *nicht* zu genießen. Ich bin kein Asket, ich bin Hedonist. In ein oder zwei Monaten werde ich das gehörig bedauern, aber so weit sind wir ja noch nicht.

Am Nachbartisch wird es etwas lauter: »Und dann hat sie mir ernsthaft 'nen Tampon gegeben und meinte, ich solle es ihr twittern, wenn ich ihn benutzt hätte«, erwähnt die einzige Frau. Alle lachen, doch ihr Lachen tönt heraus, es klingt erdig. »Wozu? Warum zum Fick macht man das?! Damit sie sagen kann: „Oh, die fabulöse Madison Nash hat meinen Tampon benutzt!"? Haben wir ernsthaft solche Fans?«, krächzt der schlanke Typ mit den rotgefärbten Haaren. Die anderen beiden halten sich eher zurück. Der eine schlürft entspannt seinen Kaffee, der andere guckt immer wieder hinaus und lacht nur beiläufig mit.

»Wann war das Interview? Halb zehn?« Die anderen nicken.

»Dann lasst uns mal los. Hier gibt es ja leider keine Rentiertaxis.«

»Das wäre der Shit, auf 'nem Rentier reiten. Nein, besser: Auf 'nem fucking Eisbären!« Gelächter ertönt erneut.

Die Vier erheben sich. Zum ersten Mal besteht freies Sichtfeld auf die junge Frau in der schwarzen Lederjacke. Ob das Echtleder ist?

Ich sehe, dass sie einen matten Lippenstift trägt, der sich von ihrem glatten, haselnussbraunen Haar abhebt. Die Spitzen sind etwas blondiert. Und ihre Schminke hat sie sehr pointiert eingesetzt.

»Geht schonmal vor, ich bezahle«, sagt sie den anderen, woraufhin die Drei das Diner verlassen. Sie nimmt ihre Tasche, darauf ein Led Zeppelin-Logo, wirft einen flüchtigen Blick zu mir und geht zur Theke.

Ich löffele und löffele. Stehe ebenfalls auf und will bezahlen. Sie kramt gerade ihr Kleingeld zusammen und wartet auf die Quittung, als ich neben ihr die Theke erreiche. Diskret und höflich lächelt sie nach rechts, zu mir. Dasselbe tue ich. Ein verschwindend leises »Heyho« wandert ihr über die roten Lippen, ich antworte schlicht mit »Hey«. Sie ist drei oder vier

Zentimeter größer als ich. Ich werfe einen kurzen Blick hinab. Ein unfairer Wettkampf. Sie trägt Absätze. Allerdings werden auch meine Füße von meinen Wanderstiefeln umgeben, die mich um etwa vier Zentimeter erhöhen.

Endlich erhält sie ihre Quittung und geht den anderen hinterher. Ich lasse mir beim Bezahlen meiner Hedonisten-Lobster Bisque ein wenig Zeit. Ein Höflichkeitslächeln und die ein oder andere Floskel zur Kassiererin und auch ich verlasse das Diner und trete in den morgendlichen Regen. Denke mir, es ist ein netter und noch junger Tag, mit einer schönen Begegnung. Mein Herz atmet auf. Ich fühle mich so gut. Ob sie mich mochte? Jemanden wie mich?

Der Moralist in mir ist alarmiert, doch ich ignoriere ihn gerne, da sich der Romantiker viel schneller meldet: Niemand hat Sehnsüchte, ohne dass sie von jemandem geweckt werden.

17

Allmählich geht mir der Weg hinauf zu unserer Wohnung auf den Sack. Dieser letzte Abschnitt gibt den Waden nach langen Tagen den Rest. Nicht, dass die Straße von Mal zu Mal steiler würde, aber man hört irgendwann auf, den Anblick zu genießen und hält sich nicht mehr mit der Landschaft auf. Man will einfach nur noch hinauf und fertig. Wie mit der Liebe.

Ich stecke den Schlüssel ins Schloss, drehe ihn, ziehe die Tür ran und öffne sie. Es ist ruhig, sie schläft wohl immernoch. Nachdem ich den Wohnungsschlüssel in die kleine Schale an der Tür, neben dem Telefon, werfe, gehe ich den Flur hinunter, betrete das Wohnzimmer und lege meine Jacke auf dem Esstisch ab.

Es geleitet mich zunächst ins Schlafzimmer, um mich bei Iona aufzuwärmen. Doch sie ist nicht da. Die Badezimmertür steht einen Spalt offen. Das Licht ist aus.

Ein Blick auf die Terrasse. Die Gartenstühle sind sorgfältig am Rand aufgestapelt und der Tisch lehnt zusammengeklappt am Geländer.

Ich durchsuche die Wohnung nach einer Notiz von ihr. Checke meine Nachrichten. Sie hat nichts hinterlassen.

Ich setze mir einen Tee auf, nehme im Ohrensessel Platz und schlage *Winter in Maine* von Gerard Donovan auf, um ein wenig darin zu lesen. Muss an Monsieur Crossaint denken, als ich es „aufbreche", wie ein Buchhändler sagen würde. Vor allem habe ich die Vermutung, dass ich mich gut in die winterlichen Gegebenheiten hineinversetzen kann. Wo, wenn nicht hier? Das wäre eine echte Erleichterung, denn ich erhoffe mir etwas Ablenkung. Iona ist weg und ich sollte mir keinerlei Sorgen machen, sie ist erwachsen, aber ich habe mich schließlich auch immer verabschiedet oder wenigstens angekündigt, dass ich gehe. Ich will keiner dieser beengenden Partner sein, das ist nicht meine Art. Aber es ist ja auch nicht ihre Art, sich nicht zu melden. Wobei ich sie hierbei verteidigen sollte und erwähne, dass sie in diesen Tagen vielleicht nicht ganz bei sich ist.

Umso schlimmer! Es gibt Leute, die schlafwandeln! Es gibt Leute, die entführt werden!

Adrian, fahr dich runter. Nur, weil es solche Dinge gibt, passieren sie dir noch lange nicht. Das war eine gute Formulierung: Sie passieren *dir* nicht. Selbst wenn Iona entführt würde, dann würde ich wahrscheinlich noch so tun, als wäre das für mich ja viel schlimmer, als für sie. Das bringt mich zum Lachen. Ein absurdes Lachen.

Ich lese ein paar Seiten. Bildschön geschrieben. Doch irgendwann werden die Buchstaben blasser. Mein Kopf kippt immer wieder weg. Ich verliere das Interesse an der Welt. Und schlafe ein.

Es wird nicht länger als eine halbe Minute gewesen sein, als ich durch den Rums der Wohnungstür aufschrecke. Affektiert hebe ich das Buch wieder an, welches mir aus der Hand gerutscht war und tue so, als wenn ich lese. Ich lausche, wie sie ihren

Schlüssel zu meinem legt und über die Holzdielen näher kommt. Meine Herzfrequenz steigt. Das ist immer so, wenn ich etwas erwarte, aber es noch nicht da ist. Dabei ist egal wie vertraut es mir ist.

»Wo warst du?«, frage ich wie ein Mafiaboss. Mir fehlt lediglich der Anzug, der Cognac, die gegelten Haare, Komplizen die in der Ecke stehen, ein abgedunkelter Raum, Zigarren und irgendein fremder Akzent.

»Spazieren«, erzählt sie mir unbeirrt.

»Ich hätte mir schon fast Sorgen gemacht.«

»Hatte dir doch 'nen Zettel geschrieben.«

»Also, ich hab' keinen gefunden. Habe alles abgesucht.«

»Du suchst, wenn ich weg bin, alles nach Zetteln von mir ab?«

»Naja, du hast doch, dachte ich, auch einen geschrieben?«

»Ja, aber das wusstest du ja nicht.«

»Wo liegt er denn jetzt?«

Sie geht zum Eingang und hebt eine kleine Notiz vom Boden auf. Als Beweis gibt sie sie mir:

Bin draußen. Bestimmt bald wieder da.
Iona

»Oh...«, sage ich und verstumme.

»Schon okay!«, sagt sie. »Nächstes Mal nehme ich ein Poster und einen fetten Stift und hänge die Tür damit voll«, macht sie sich lustig. Das kann ich ihr nicht vorhalten, ich war ziemlich in Gedanken, da hätte ich selbst ein Poster nicht gesehen.

Sie schwingt sich aufs Sofa und gibt mir mit einer Handbewegung zu verstehen, dass sie will, dass ich neben ihr platz nehme. Nun gut. Mein Buch beiseite, ich werde es sowieso noch einmal von vorne anfangen, und ab auf die Couch. Sie schaltet den Fernseher ein und eröffnet eine bis zum späten Abend andauernde Fernsehodyssee. Des Norwegischen sind wir ja beide nicht mächtig und so kommt es, dass wir versuchen jeglichen Text neu zu synchronisieren, was mir im Englischen nicht ganz leicht fällt. Das alles endet in ironischen Anspielungen und Obszönitäten, die man Iona gar nicht zugetraut hätte. Später dann bekoche ich uns.

Ich stehe gerade am Herd und werfe mir das Geschirrhandtuch über die Schulter, da steht sie vom Sofa auf und kommt mit traurigem Blick auf mich zu.

»Hörst du zu?«

»Natürlich.«

»Es tut mir leid, dass ich tagsüber so viel schlafe und so abwesend bin. Diese Helligkeit macht mich einfach verrückt. Ich will's dir wirklich nicht versauen, du wolltest hier immer hin. Und ich werde versuchen, das in den Griff zu bekommen. Okay?«

»Hey...«, ich nehme sie in den Arm. Sie wirkt so traurig.

»Das ist doch nicht deine Schuld. Dafür kannst du nichts.«

»Ich könnte mich mehr anstrengen.«

»Nein...«, sage ich. »Hör mal, du machst das so, wie du dich wohlfühlst. Der Ort ist mir egal, du bist es aber nicht. Verstanden?« Sie nickt trostreich.

Dieser Urlaub war sowieso von Anfang an ein Reinfall.

18

Es ist spät. Nur die winzigsten Strahlen funkeln in unser Schlafzimmer. Die Fenster haben wir bereits abgedunkelt und die kleine Nachttischlampe angemacht, um wenigstens so zu tun, als würde es dunkel werden. Es sieht so aus, als würde es helfen: Iona schläft. Ich darf mich nicht bewegen, sonst wacht sie auf, denn sie hält sich irgendwie an mir fest. Wie das bequem sein kann, ist mir schleierhaft.

Mit Laptop auf dem Bauch surfe ich noch ein wenig durchs Netz. Meldungen schlittern durch mein Hirn, völlig ungefiltert. *Terroranschlag in Tel Aviv – 97 Tote / Gutes Fußballwetter angesagt / Bahnstreckenumbau bei Tuttlingen dauert länger.*

Das sind wir gewohnt. Vom Leid zum Banalen in einem Klick. Und diese Übung beherrschen wir überaus gut, wir sind abgestumpft, leer und unempfindlich geworden. Äußern für fünf Sekunden unser Beileid und sind dann schon wieder beim nächsten Katzenvideo. Unser Mitgefühl ist unerreichbar geworden.

Ich spüre Ionas Atem auf meinem Unterarm. Ich genieße die Wärme, mag es, Nähe so beispielhaft zu fühlen. Aber der heutige Morgen geht mir nicht aus dem Kopf. Ich krame in den Dialogen, stoße immer nur auf Details. Dank meines guten Namensgedächtnisses kommt es mir wieder in den Sinn. Ich gebe es in die Suchmaschine ein: *Madison Nash.*

Das Resultat lässt mir den Atem stocken. Ein kalter Schauer zieht durch meine Adern. Es ist, als wenn Ionas Atem an mir gefriert.

> **Madison Nash**
> *Sängerin*
> Madison Nash ist eine kanadische Sängerin und Gitarristin. Sie spielt in der Band *Mad Rush* und trat mehrfach als Gastsängerin in Erscheinung.
> Geboren: 11. Oktober 1985 (Alter 30), Montreal, Québec, Kanada
> Größe: 1,73 m
> Musikgruppe: Mad Rush (seit 1999)
> Geschwister: Dylan Nash

Meine Güte. Sie hat 60.000 Follower auf Instragram, 75.000 auf Twitter. Ohne Zögern klicke ich auf *„Mehr Bilder"*.

Was ich sehe, ist eine junge Frau, der nichts zu knapp ist. Die nur das Nötigste verpackt, wobei das Nötigste doch immer das Interessanteste ist. Ich versuche, den Laptop etwas von Iona weg zu drehen, ohne irgendwelche ruckhaften Bewegungen zu vollführen. Es ist schon allein schwer, ein Bild ohne Leder zu finden. Sie lebt das Rockstarklischee wirklich aus.

Auf vielen Bildern bespielt sie eine weiße Gibson Explorer, manchmal hält sie aber auch nur ein Mikrofon in der Hand, als Symbol für alles, was sie in die Hand nehmen könnte.

Sie strahlt eine raue Freude aus, ein *„Ganz oder gar nicht"*, als würde sie *„All In"* zum Leben sagen.

Ich lese mir ihre Vita und den Werdegang der Band durch. Dabei erfahre ich schnell, dass der Schlagzeuger, Dylan Nash, ihr kleiner Bruder ist. Seit Kindertagen machen sie zusammen

Musik und gründeten dann irgendwann *Mad Rush* und die Sache nahm ihren Lauf. *Mad Rush* ist nun wirklich nicht die High-Society des Rocks, aber ich denke, sie können davon recht gut leben. Eine Sache, die ich mir für mich auch gewünscht hätte.

Es wird Zeit, mir die Musik anzuhören. Doch wie verdammt? Ich müsste in jedem Falle aufstehen, dann reiße ich Iona aber aus dem Schlaf. Ich fühle mich gefangen.

Dann kommt mir der Geistesblitz: Neben dem Bett liegt Ionas Handtasche. Ich strecke meinen Arm aus. Um sie ein wenig abzulenken, streichele ich sie, fahre ihr mit den Fingerspitzen über die Stirn, krame aber mit der anderen Hand in den unendlichen Tiefen ihrer Handtasche. Die Suche wird langwieriger als erwartet. Was für ein Mist. Ich spüre, dass meine Finger feucht werden. Ich ziehe meine Hand aus der Tasche und muss feststellen, dass sie komplett mit Eyeliner verschmiert ist.

»Was suchst du in meiner Handtasche?«, murmelt sie.

Langsam entferne ich meine Hand von der Tasche, überlege, ob ich antworten soll.

»Du hast nicht zufällig Kopfhörer?«

Ihre Hand wandert zur Tasche und ich versuche den Eyeliner von ihr fern zu halten. Blind aber zielstrebig greift sie hinein und drückt mir nach wenigen Sekunden ihre Kopfhörer in meine verschmierte Hand.

»Danke«, sage ich sachte.

Die Kopfhörer anzuschließen ist ein Kinderspiel und ich stelle den Laptop auf die niedrigste Lautstärke, um jegliche Gefahr auszuschließen. Der Name *Mad Rush* klingt bereits nach einer Achterbahnfahrt, da sollte ich lieber keine Risiken eingehen.

Ich nehme das erste Video, das mir das Internet anbietet: „*Mad Rush – Guilty Pleasures (Official Video)*".

Ich bin ziemlich schnell beeindruckt. Es trifft meinen Geschmack, ist laut und prallt ungehemmt aufs Trommelfell. Das sind keine großartig ausgefeilten Gitarrenriffs oder komplizierte Songstrukturen, es ist einfach nur Musik, von der ich mir vorstelle, dass sie Spaß macht und ich würde sie mir gerade gerne lauter anhören. Eine Art des modernen Hardrocks, die für mich wirklich nur mit einer Frau als Frontsängerin Sinn macht. Und vor allem fasziniert mich ihre Stimme: Sie hat eine ziemliche Rockröhre und kann schreien, ohne dabei wie ein sterbender Hamster zu klingen. Chapeau!

Frauen, die singen können, machen ziemlich Eindruck auf mich. Iona ist gelegentlich ganz niedlich, wenn sie sich bei einem schiefen Ton ertappt. Und manchmal, da singt sie engelsgleich. Aber das ist selten.

Meine Recherche reicht für heute. Ich gehe im Suchverlauf zurück und gelange auf die Anfangsseite meiner Suche. Ich entdecke einen kleinen Kasten, den ich am Anfang übersah:

Konzerte in Ihrer Nähe:
Sa., 18. Juni | **Mad Rush** | *Tromsøysundvegen, Tromsø, NO*

Welcher Tag war doch heute? Ach ja, 17. Juni.

19

WUMS! Der Tag beginnt mit einem dumpfen Knall.
Ich schrecke aus dem Schlaf und springe aus dem Bett. Wo kam das her? Ich eile ins Wohnzimmer, doch scheitere auf dem Weg dorthin. Auf dem Flur wird mir sofort schwarz vor Augen, das ging zu schnell, der Kreislauf sackt, ich knalle mit dem Kopf gegen die Holzwand und bin weg.
Das war wohl Ionas Signal zum Aufwachen. Denn als nächstes blicke ich mit halbem Bewusstsein in zwei besorgte Augen. Auf dem Boden, halb sitzend, halb liegend, gelehnt an den Fernsehtisch, völlig apathisch. Sie meint, ich solle aus dem Glas Wasser trinken, welches sie mir offeriert.
Allmählich fängt mein Körper wieder an zu funktionieren. Ich ermutige Iona dazu, sich an mich anzulehnen. Sie ist jedoch unsicher, ob man mir das schon zumuten kann.
»Was hast du gemacht? Wieso bist du umgekippt?«, fragt sie.
»Hast du das nicht gehört?«
Sie schüttelt den Kopf.
»Irgendwas ist zusammengekracht oder so. Kannst du mal nachschauen?«
Sie nickt und steht auf. Etwa eine Minute lang nichts. Doch dann: »Oh nein...«
Ich frage, was ist. Sie gibt keine Antwort. Ich stehe auf und wanke benommen zu ihr. Als erstes sehe ich den Abdruck auf der Scheibe. Vor ihr liegt eine tote Taube. Ihre Flügel zucken noch leicht, die Augenlider rollen ein letztes Mal. Mit fried-

lichem Blick liegt sie da. Als gäbe es keinen Grund zur Wut auf diese Welt.

Ich suche unter der Spüle nach einem Kehrblech und einem Müllsack und versuche, die Taube vorsichtig anzuheben, ihr Genick ist gebrochen. Jedoch ist nirgendwo Blut zu erkennen. Und bevor ich mir darüber zu viele Gedanken machen könnte, was ich gerade mache, lasse ich sie rasch im undurchsichtigen Müllbeutel verschwinden. »Dann musst du wohl in den Müll...«, murmele ich vor mich hin.

»Was hast du da gesagt?«, fragt Iona.

»Dass sie wohl in den Müll muss...«

»Du wirst sie doch wohl nicht in den Müll schmeißen? Sie wird begraben.«

»Wieso das denn? Was hilft denn das jetzt der Taube?«

Ich habe wirklich keine Lust auf eine große Trauerzeremonie.

»Menschen werden auch begraben. Und du bist doch immer derjenige, der meint, wir Menschen sollen uns nicht immer so über alles andere erheben!«

»Ja, aber wer meint denn, dass ich einen Menschen anders entsorgen würde?« Ich muss leicht schmunzeln.

»Das heißt, wenn ich sterben würde, würdest du mich in den Restmüll werfen?«

»Nein, Biomüll. Du weißt, ich komme aus Deutschland. Uns ist das sehr wichtig.«

Iona stöhnt genervt und verdreht die Augen. Ich lege etwas Deeskalierendes nach:

»Natürlich würde ich dich begraben. Aber zu dir habe ich auch eine emotionale Bindung.«

»Dann hat, deiner Meinung nach, nur alles ein Recht darauf begraben zu werden, zu dem du eine emotionale Bindung hast? Wenn du diese Taube länger gekannt hättest, würdest du sie dann jetzt begraben?«

Sie macht mich doch tatsächlich fertig. Ich gerate ans Ende meines Lateins: »Die Frage ist doch absurd.«

»Nehmen wir an, es ginge um einen Hund. Ein langjähriger Begleiter. Würdest du ihn begraben?«

»Ja, natürlich«, gebe ich zu. »Aber mal eine andere Frage:«, lenke ich ab. »Wo willst du sie überhaupt begraben?«

»Na, vielleicht hier im Garten?«

»Aber der Garten gehört uns nicht!«, gestikuliere ich mit dem in meiner Hand befindlichen Müllbeutel.

»Wir gucken einfach, ob jemand zuhause ist. Wenn ja, dann fragen wir. Wenn nicht, dann machen wir's einfach.«

»Ich sage es dir: Der Taube wird das nicht mehr helfen. Oder glaubst du an ein Leben danach? Einen Taubenhimmel? Iona, seit wann bist du religiös?«

»Nein, ich bin nicht religiös. Es geht um die Würde. Da mache ich keine Unterschiede.«

Eigentlich müsste ich sie bewundern. Bewundern, für ihre Prinzipien. In diesem Fall ist es aber einfach mehr Aufwand. Nun gut, ich gebe zu, wir haben sowieso nichts Sinnerfüllenderes zu tun. Ich gebe nach und willige so ein, dass sie ein schlechtes Gewissen haben muss.

In Schlafsachen treten wir vor die Tür und gehen den Gang

hinunter zur Einfahrt.

»Ich mache das, lass mich reden«, sagt Iona und betätigt die Klingel. Niemand öffnet. Selbst, nachdem wir uns mehrfach argwöhnisch anblicken, tut sich nichts.

»Dann müssen wir's wohl einfach tun!«, höre ich von ihr.

In diesem Moment kommt der Vermieter aus dem Garten. Mit seiner Baseballcap und den beigen kurzen Hosen und dem Hemd erinnert er mich an einen amerikanischen Rentner, an einen Floridian.

»Oh, habt ihr geklingelt?«

»Ja, ähm...«, sie will wohl doch nicht mehr. Ich übernehme: »Eine Taube ist gegen unsere Scheibe geflogen...« Gleichzeitig halte ich ihm demonstrativ den Beutel hin.

»Oh, okay. Das Viech dann bitte einfach in die grüne Tonne.«

Gott lobe die norwegische Mülltrennung.

20

Ich frage: »Gibt es noch Tickets für das Konzert heute Abend?«
»Etwa für *Mad Rush*?«, fragt der Herr vom Touristenbüro. »Ja, die gibt es.«
»Also noch nicht ausverkauft?«
»Gut besucht, aber nicht ausverkauft.«
»Dann hätte ich gerne eins.«
Sie werden sich fragen: Weshalb nur ein Ticket? Nun, Iona will nicht mit. Ich habe sie gefragt, davon können Sie ausgehen. Ich stehle mich doch nicht heimlich auf so ein Konzert. Aber es ist nicht ihre Musik und ihr Schlafrhythmus lässt im Moment nur Kopfschmerzen zu. Ich soll mir einen netten Abend machen, sagte sie. Sie gönnt es mir wirklich und freut sich dann schon wieder darauf, wenn ich zurückkomme.
Natürlich hätte ich sie gerne dabei, aber so ist das auch ok, auch wenn wir über die Tage ziemlich auseinanderdriften. Ich war schon mehrmals allein auf Konzerten, auch im Ausland. Das muss nicht unbedingt immer trostlos werden, es waren bisher wirklich tolle Abende. Eigentlich die schöneren Konzerte.
»Alles klar, inklusive aller Gebühren würde das dann 420 Kronen kosten«, ist sein Ergebnis.
»Es gibt also nur eine Preiskategorie?«, frage ich.
»Ja, sind alles Stehplätze. Einlass ist um 18 Uhr. Um 19 Uhr tritt *Unaware* auf, gegen 20:30 Uhr dann *Mad Rush* als Headliner. Sie wissen, wo die Location ist?«
»Ich werde es herausfinden«, sage ich ihm voller Zuversicht.

Ich höre den Soundcheck schon aus der Ferne, denn ich überquere die lange Brücke zum Festland. Mich würde hier ein wunderbarer Ausblick begrüßen, wenn doch die Autos nicht wären oder die deutschen Kreuzfahrttouristen, die einem in ihren Jack Wolfskin-Jacken entgegentapern und dauernd stehen bleiben, um jeden Brückenpfeiler zu dokumentieren. Schon als Iona und ich vor Tagen hinüber in die Wildnis gingen (und dann den *Crazy Monk* Dirk trafen), mussten wir hier rüber, Lärm und Abgase ertragen und mir fiel schon dort auf, dass nördlich der Brücke irgendetwas aufgebaut wurde. Jedoch waren die Aufbauarbeiten dort in einem so frühen Stadium, dass man dabei nicht hätte erkennen können, dass es sich um ein Open Air handelte.

Kleine Fischkutter unterqueren die Brücke, es ist ein Idyll, von dem ich weiß, dass es bald von den rauen Sounds mehrerer Hardrockbands zerstört wird. Aber auch jede Hardrockband hat ihre Balladen. Und zu allem erfüllt mich der Gedanke von lautem Hardrock und schockiert umherlaufenden Kreuzfahrern mit Genugtuung. Wer im Allgemeinen eher mit den Zuckergusswelten von Helene Fischer oder Andrea Berg vertraut ist, der wird bei einem Konzert von *Mad Rush* schnell mit den Ohren zu schlackern beginnen und seinen Glauben an die Menschheit verlieren.

Und jetzt, wo ich mich langsam dem Gelände nähere, mag ich den Gedanken vom Menschengewirr, welches sich am Ende durch einen einzigen gemeinsamen Nenner ordnen wird: der Musik.

Ich sage es Ihnen ganz offen: Ich war seit einiger Zeit auf keinem Konzert mehr. Nicht, dass mein Studium zu „busy" wäre, nein, nein, ganz im Gegenteil. Aber vielleicht war es in den letzten Jahren eine Art Trägheit, die mich davon abhielt. Hatte schon so viele Bands gesehen und war immer mit demselben Resultat nach Hause gegangen: Neid.

Eine Zeit lang hatte das aber auch mit jugendlicher Rebellion zu tun, Rockkonzerte zu besuchen. Man zeigt der Welt sinngemäß den Mittelfinger, so fühlt es sich zumindest als Heranwachsender an. Man steigt für einen Abend aus der Gesellschaft aus, aus allem Chaos, welches einen sonst umgibt. In diesem Sinne hat die Rockmusik nichts von ihrer Protestbedeutung einbüßen müssen, auch wenn es heutzutage viel glattgebügelte Scheiße gibt.

Für mich gab es einige schwierige Zeiten. Und die Musik? Sie war einer von mehreren Rettungsringen. Ein Rettungsboot auf meinem sinkenden Schiff.

Jugend

2006, Alter 14. Es ist sechs Uhr morgens am Hamburger Bahnhof. Er ist in einem schwierigen Alter. Er steht am Gleis und beobachtet einen herumtollenden Huskeywelpen. Seine Aufregung ändert nichts an seiner Schläfrigkeit. Seit gut zwei Monaten ist er in einer Jugendpsychiatrie in Hamburg untergebracht, wegen Depressionen oder auch „Seelentumoren", wie er sie manchmal nennt. Heute soll er versuchen, wieder zur Schule zu gehen. Seit einem halben Jahr konnte er das nicht mehr. Seine morgendlichen Depressionen machten es ihm unmöglich, vor der Schule aufzustehen. Heute wird es ihm gelingen, aber dass er sechs weitere Jahre nicht zur Schule gehen können wird, weiß er noch nicht. Auf dem Bahnsteig ist es eisig kalt und der Morgennebel lässt nicht weit blicken, auf den Gleisen glitzern Eiskristalle. Wenn er wüsste, was die Jahre danach auf ihn zukommt, was für schulische Chancen er sich verbauen muss, könnte man meinen, dass er springen würde, aber dazu war er noch nie der Typ. Auch ein bisschen zu feige. Er war schon immer verliebt in das Leben.

Als 14-Jähriger waren es 4% meines Lebens, die ich dort verbrachte, in der Psychiatrie. Ich kam nicht recht mit der Trennung meiner Eltern klar, dauernd diese Zerrissenheit und Heimatlosigkeit. Und gewissermaßen war ich auch ein Opfer des Schulsystems. In die Reihe einpassen konnte ich mich nämlich noch nie gut. Aber genau das verlangt die Schule von einem. Sie will, dass man genau die Antworten gibt, die sie verlangt, das gibt die besten Noten. Ich hatte aber immer schon meine eigenen Antworten auf manche Fragen. Manchmal scheint mir eine falsche, aber eigene Antwort besser, als eine korrekte, aber vorgefertigte Antwort. Meine Antworten waren meist falsch. Ich hatte emotional genug zu bewältigen, da konnte ich mich nicht auch noch mit linearen Gleichungssystemen auseinandersetzen. Ich denke, jedem Heranwachsenden geht das in gewisser Weise so. Eigentlich hätte man Besseres zu tun. Zumindest stieg der Druck von Seiten der Schule genau zu diesem Zeitpunkt. Das machte die Noten noch lausiger, was den Druck nochmals erhöhte und immer so weiter. Irgendwann brach der ganze Kreislauf zusammen und ich war dem Druck nicht mehr gewachsen. Dann wachte ich morgens auf und hatte sie plötzlich: Depressionen.

Und jeder Tag, den ich noch zur Schule ging, war mir irgendwie ein Grund, es nicht mehr zu tun. Nicht, dass das eine bewusste Entscheidung war, aber meine Angst vor jedem Tag wurde nur noch größer. Denn in der Schule geschah viel Peinliches, auch Demütigendes. Ich habe noch eine Szene im Kopf, bei der sich mir immer noch die Härchen im Nacken aufstellen, sie war in einer späteren Phase. Ich saß gerade in der Schule, was ja von Zeit zu Zeit immer seltener vorkam. Fühlte mich auch immer schlechter dort aufgehoben. Also fing ich irgendwann an, alle Tische, an denen ich saß, mit Songtexten voll zu kritzeln, die mir gerade im Kopf herumschwirrten. Am Unterricht war ich offensichtlich nicht mehr interessiert. Mit der Mathematik kam ich schon lange nicht mehr mit und selbst die Fächer, die mir lagen, waren noch zu weit an meinem Interesse vorbei. Es fiel allmählich auf, dass einige Tische mittlerweile voller schwarzer Textmarkerzeilen waren. Und irgendwann hatte ich die Initialien meines Lieblingsgitarristen („JF") in einen Tisch geritzt. Kurz darauf wurde dann ein Mädchen aus der Parallelklasse (welches zufällig dieselben Initialien hatte) des Vandalismus verdächtigt. Diese Fehlverdächtigung nicht aufzuheben, war nicht gerade meine feine englische Art. Aber mir ging es einfach nicht gut dort. Ich wollte weit mehr Anarchie, als mir die Schule bieten konnte.

Als Antwort darauf war meine Hamburger Zeit irgendwie toll. Ich kann zwar jeden verstehen, der skeptisch wird, wenn ich sage, dass es in der Psychiatrie super war, aber das war es. Zwar half das meinem Problem langfristig auch nicht wirklich weiter, doch man gab mir einen Tagesablauf, viel zu tun und ein paar andere Jugendliche. Jeder, der dort war, hatte sein eigenes Problem. Manche hatten eins mit sich, manche mit ihrer Familie, manche konnten ihr Essen nicht bei sich behalten. Viel mehr ist da nicht bei. Und Klischees bleiben nun mal Klischees. Die gehörige Portion Wahnsinn, an die man bei Psychiatrien denkt, konnte ich an niemandem feststellen.

Und gewissermaßen muss ich dieser Zeit einen großen Wert zusprechen: Sie hat meine Jugend erst möglich gemacht.

Denn was danach folgte, hört sich (dafür, dass ich die Schule nicht besuchte) relativ normal an: Ich hing weiterhin viel in der örtlichen Jugendgruppe ab, setzte mich so viel ein, wie ich nur konnte, fuhr als Mitarbeiter mit auf Freizeiten und verschaffte mir damit eine Identität abseits der Schule, wobei ich doch immer lieber ein Hintergrundmitarbeiter blieb. Ich war nie der große Animateur, eher ein passionierter Organisator.

Ein Jahr zuvor hatte ich angefangen, E-Gitarre zu spielen, tat das auch sehr exzessiv und entdeckte die Musik für mich. Ich wollte immer der stille Künstler sein. Aus heutiger Sicht kann ich sagen, dass, wenn mich jemand nach Religiösität fragt, Musik meine einzige Religion ist. Es ist die einzige Art der Spiritualität, die ich erfahren kann. Es ist immernoch mein Ventil, wie ein Portal in eine zweite Welt, mindestens so wirksam wie eine psychedelische Droge.

Aber das allein macht eine Jugend nicht vollständig. Ein Thema mischt sich in dem Alter unweigerlich dazu. Denn was wäre Jugend ohne das eine große Thema? Das Herzklopfen? Die Schmetterlinge im Verdauungstrakt? Die Verliebtheit?

Die Verliebtheit ist eine leicht zu bekomme Ware, so war es zumindest damals, man verliebt sich inflationär oft. Auch ich habe seit langem das Gefühl, dass ich mich zu schnell verliebe. Ich kann mich, wie für vieles andere auch, wirklich schnell entflammen. Wieso dann nicht auch für das weibliche Geschlecht? Ich war bisher in einundzwanzig Mädchen verliebt. Wenn man von dem Alter ausgeht, in dem man sich zum ersten Mal verliebt, sind das etwa knapp zwei pro Jahr. Das heißt aber nicht, dass ich nur einmal in jedes Mädchen verliebt war. Darunter sind auch drei oder vier, in die ich mehrmals verliebt war, wobei doch eher die Frage ist, ob ich dann je „entliebt" war. Man nahm das alles noch nicht so ernst wie heute und konnte eine Verliebtheit auch mal auf „Standby" laufen lassen und sich bei Gelegenheit neu verlieben. All das sagt aber nichts über die Intensität meiner Verschossenheit aus. Ich war jedes Mal mit vollem Herzen dabei. Bei fast jedem der einundzwanzig Mädchen.

Aber es dauerte einige Jahre, bis eines der Mädchen erwiderte. Das ist eine Art der Realität, die ich gut verstehen kann. Ich hätte mich wohl auch nicht genommen, die Zeit war einfach nicht reif dafür. Mittlerweile kann ich darauf einen etwas ruhigeren Blick werfen, ich bin damit im Reinen. Die letzten Jahre haben meine Statistik ja etwas hoffnungsvoller gemacht.

Ja, das war schon immer mein Thema gewesen. Doch wessen Thema ist es nicht? Leben ohne romantische Liebe ist sinnlos. Liebe ist tragisch, fühlt sich manchmal wie ein Verbrechen an, tut weh, macht schuldig, ist vergänglich, macht auf Dauer dumm und hat ein miserables Timing. Es ist das Beste, was wir haben.

22

Man sieht sie hinter den Vorhängen vorbeihuschen. Dunkle Gestalten, die in wenigen Momenten die Gunst der Menge gewinnen werden. Sie werden dem Regen trotzen, ihre Blicke auf sich ziehen wollen, jeden von seinem Leben ablenken. Die Vorband *Unaware* wartet auf ihr Momentum.

Der Schlagzeuger sitzt bereits auf Position und eröffnet mit einem kurzen Solo den Abend. Was er nun anstimmt, ist ein sich immer weiter ansteigernder Rhythmus, der im Eröffnungsriff des Konzerts mündet. Auf die Bühne stolziert der Frontsänger, lange blonde Haare, eine leicht speckigere Version von Chris Hemsworth, die engen Hosen stehen ihm gerade noch, doch als ich seine Stimme höre, vergesse ich die Kilos. Würde ich ihn nicht kennen, würde ich sagen, er sei einer der großen Sänger des Geschäfts.

Die jungen Briten - unter ihnen auch ein Schwede - liefern eine anständige und solide Show ab, fahren die alte Rockschiene, aber mit neuem Enthusiasmus, nicht so abgedroschen wie die ganzen alten Bands, die seit vierzig Jahren touren und schon wie halb skelettiert wirken.

Unaware verlässt die Bühne nach etwa einer Stunde, die Umbauarbeiten beginnen, das Publikum ist warm. Ich stehe relativ weit vorne, verstehe immer nicht, wie sich manche Leute damit abgeben können, ganz hinten zu stehen.

Eine halbe Stunde dauert es, dann wird das Licht wieder runtergefahren, was bei Tageslicht eigentlich nicht so unglaublich beeindruckend wirken sollte. Aber selbst der Himmel stimmt sich darauf ein, dicke Regenwolken ziehen auf, gewittern wird es bei diesen Temperaturen nicht, aber sie dunkeln das ganze Geschehen ab. Die Musik vom Band wird langsam immer leiser, die Menge ruhiger.

Dann hopst plötzlich der Typ mit den rot gefärbten, langen Haaren im Affentempo von links auf die Bühne, setzt sich hinter sein Drumset und schreit in sein Mikrofon: »Tromsooo! Are youuu reeeeeeady?!« *Sie sind es.*

Er zählt an: »One, two... One, two. One, two, three, four!« und eröffnet mit dem Beat zu *Guilty Pleasures* das Konzert. Auch der Bassist und Gitarrist, der einst gemütliche Kaffeetrinker und der gelassen verträumte Kerl, der immer aus dem Fenster starrte, betreten nun die Bühne und müssen vor Adrenalin fast detonieren. Nur Madison Nash tänzelt als letztes mit unfassbarer Erhabenheit und lässigem Blick mit ihrer Gibson Explorer und High Heels aufs Podium, ist mir nicht begreiflich, wie sie damit Gitarrenpedale bedienen will.

Sie weiß von ihrer Macht über Männer, davon bin ich überzeugt, sie setzt sie ein. Diese engen Hosen, diese Lederjacke, diese Schminke auf ihren weichen Gesichtszügen, diese unanständigen Texte, diese Liebe zum Lärm. Genau hier fängt für mich die Faszination Rockstar an. Es ist nicht ihr Aussehen, es ist ihre Attitüde.

Gleißendes Licht strahlt uns entgegen und selbst die Wolken brechen auf und strömen auf uns hinab, in der Ferne die Sonnenstrahlen, die eine Lücke in der Wolkendecke gefunden haben. Spätestens jetzt durchströmt mich ein Glücksgefühl, ich habe es Ihnen gesagt: Musik = Spiritualität. Und je lauter, desto besser.

Madisons Stimme ist noch rauer, noch dreckiger, noch schmutziger als im Studio. Sie klingt fast kaputt, aber das ist Teil dessen, was mich so an ihr anzieht. Rock 'n Roll ist nunmal eine Menge Schmutz, im besten Sinne.

Ich bin zurück im Sattel, denke ich mir. Es ist, als wäre ich nie weg gewesen, die alten Empfindungen sind mir wieder präsent. Ich hoffe, Sie bereuen es nicht, dass ich Sie heute mal in mein Milieu mitnehme. Zumindest war das mal mein Milieu. *Zumindest wollte ich mal*, dass es mein Milieu wird.

Der Geruch von Bier, Zigaretten, Schweiß und verbrannten Kabeln. Und der Traum, Gitarrist zu werden. Doch dieser Traum ist eingeschlafen. Er ist der Realität gewichen, der Sicherheit, der Langeweile, der Mittelmäßigkeit meiner selbst.

Der Gig ist nach knapp zwei Stunden vorüber. Ich suche mir mit beschlagenen Ohren - meiner Voraussetzung für ein gelungenes Konzert - meinen Weg durch die Menge, durch geschätzt mehrere hundert Menschen. An sich ist das nervig, hunderte Gestalten, die jetzt pseudointellektuelle Gespräche über dieses wunderbare Konzert beginnen, die ich aber zum Glück nicht verstehe. Für kurze Zeit kann ich dieses Gedränge aber genießen, es ist eigenartigerweise reizvoll, wie in einem Viehstall, diese Überflutung der Eindrücke, jede Sekunde den Geruch eines neuen Menschen in der Nase liegen zu haben.

Jetzt glauben Sie ja nicht, ich sei wie *Jean-Baptiste Grenouille* aus *Das Parfum*. Ich bin nicht so ein Übertyp, gar nicht präzise und mich erregt das auch nicht. Vor allem bringe ich deswegen niemanden um.

In meinem peripheren Sichtfeld sammeln sich einige Leute an. Eine kleine Traube an jungen Fans, direkt am Backstageeingang, die noch ein Selfie wollen oder gar mit der Band feiern. Einer Sache, der ich wohl als Musiker eher entkommen wollte. Doch heute Abend bin ich gewitzt und trete dazu. Wollen wir doch mal sehen, wie sehr sich der Altersschnitt hinaufziehen lässt.

Und schon ist es geschehen: Ich bin in einer Gruppe von fanatischen Mädels, die sicherlich noch immer ihre Unschuld haben und auf der anderen Seite eine kleine Gruppe junger Männer, die sich in irgendeiner Weise von Madison Nash angezogen fühlen. Abfragende Blicke unter lüsternen Kerlen. Ich muss lachen.

Mad Rush zeigt sich. Ich hätte erwartet - ganz nach dem Musikerklischee -, dass sie länger auf sich warten lassen, doch sie sind professionell und jeder geht sofort zu seiner Zielgruppe. Sie wissen, wie der Hase läuft.

Natürlich hole ich mir von den anderen auch Autogramme, ganz altmodisch, keine Selfies, aber ich bin wegen Madison hier. Natürlich habe ich kein spezielles Interesse *an ihr*. Es ist, als wenn ich meine Jugendträume nachhole, ein bisschen Ruhm schnuppere, ein wenig Blut lecke, um dann nur noch neidvoller nach Hause zu gehen.

Sie hat vom Regen komplett zerzauste Haare, ist vollkommen durchgeschwitzt, heiser ist sie dazu auch noch und als wäre das nicht genug, ist ihre Schminke und ihr roter Lippenstift ganz furchtbar verlaufen, geschmolzen sozusagen. Ich find's heiß.
Zu mir kommt sie beinahe als letztes. Ich halte ihr nur den Stift hin, den ich mir von dem Mädchen neben mir geborgt habe, und deute freundlich auf die CD, die ich mir vor der Show gekauft habe. Neben ihr fühle ich mich wie ein Streber, wie ein Schuljunge in Cordhose und Hosenträgern auf seiner ersten Klassenfahrt. Während sie unterschreibt, guckt sie mich unsicher an, als würde es in ihrem Kopf rattern, als würde sie versuchen, mein Gesicht zu dechiffrieren, als würde sie versuchen, mich einzusortieren.
»Für wen ist es?«, fragt sie.
»Ähm, für mich. Adrian.«
Sie widmet.
»Auch noch ein Bild?«, bietet sie mir an.
»Mh... Nein, ich könnte Gefahr laufen, dass meine Freundin es sieht.«
Ihr Lachen verkommt in der Heiserkeit. Ich sage »Dankeschön« und halte meine Faust zum lässigen *fist bump* hin, sie erwidert. Ich will sie wirklich nicht länger aufhalten.
Ich habe noch nie eine Kanadierin getroffen, fällt mir auf. Aber ich muss Sie alle enttäuschen: Kanadischer Schweiß riecht wie bei uns auch.

Auf dem Weg zurück sehe ich am Ausgang den schwedischen

Gitarristen von *Unaware*. Eine große Gestalt von fast einem Meter neunzig, mit bezeichnend friedlichem Wesen. Seine langen blonden Haare lässt er unter seiner Kapuze verschwinden. Er lehnt an einem Tourvan und telefoniert per Kopfhörer in die Heimat, auf Schwedisch, und nickt mir augenzwinkernd zu, als ich an ihm hinfortgehe.
Ich liebe diesen Kosmos.

23

Ich bin noch immer etwas berauscht, als ich in unseren geräuschlosen Verschlag heimkehre. Ich stolpere über Ionas Schuhe, stelle sie so ab, dass sie niemanden mehr gefährden und begebe mich, so elegant wie es mir nur möglich ist, ins Bett zu ihr.

Ich fühle mich aufgewühlt und nachdenklich, liege mit dem Rücken zu ihr, die Augen offen. Nach etwa einer Viertelstunde, das ist geschätzt, es kann auch mehr oder weniger sein, spüre ich ihre Hand in meinen Schritt wandern. Sie küsst meinen Nacken und will mich damit definitiv zum Sex „*einladen*". Okay, okay, ich korrigiere, das ist weit mehr als eine unverbindliche Einladung.

»Adrian?«, flüstert sie. Selbst in einem Wort kann ich manchmal ihren schottischen Akzent hören.

Ich antworte nicht.

Ich stelle mich schlafend, versuche meinen Puls so niedrig wie möglich zu halten. Bemühe mich, nicht weich oder viel schlimmer noch geil zu werden. Ich seufze, als würde ich schon längst in tiefem Schlaf liegen.

Meine Gedanken sind woanders.

Ich kann einfach nicht.

Ich kann einfach nicht.

24

Wir spüren den Druck auf unseren Schultern. Wir wissen, dass wir zusammen gehören. Ihre Verfassung ist ungünstig, meine Gedanken sind unerreichbar. Doch eingestehen wollen wir uns das nicht. Sie lag die ganze Nacht wach. Ich auch. Jeder lag für sich, wir dachten allein für uns. Doch wir wollten es uns einfach nicht eingestehen. Und jetzt, beim ersten Versuch der Gemeinsamkeit, sind wir auch nicht eins. Wir gehen zusammen runter in die Stadt, schlendern und flanieren. Wir driften auseinander, müssen uns immer wieder einfangen und splitten uns nach einer halben Stunde auf. Sie will in irgendwelche Geschäfte, ich will ins Museum. Ich habe keinen Bock, dem Konsumzwang nachzugeben und sie meint, sie hätte Zuhause schon genug Kultur. Und jetzt, wo ich ins Museum kann, will ich es nicht mehr. Ein unglücklicher Tag.

Es sieht so aus, als müssten wir, *Sie und ich*, immer mehr Zeit miteinander totschlagen. Sie sind momentan mein einziges Gegenüber, von dem ich mich nicht vollkommen entfremdet fühle. Also, was meinen Sie: Wie würden Sie meine Situation bewerten? Soll ich nachgeben? Ihr hinterher, wie in einer Kitschromanze, und die ganze Situation auflösen und machen, was sie möchte? Es wäre so einfach, gäbe es unseren Stolz nicht. Menschliche Interessen sind unterschiedlich, doch wie bekommt man das unter diesen verdammten einen Hut?

Museen und Geschäfte, das sind dämliche Nichtigkeiten, aber sie sind ein Symbol für den Zaun, den wir von Tag zu Tag zwischen uns immer höher ziehen. Ich spüre es doch, es ist nicht die erste Diskrepanz zwischen uns. Ich meine, wie sollen wir die großen Fragen lösen, wenn wir es nicht einmal im Kleinen schaffen? Oder sollte man das andersherum aufrollen? Erstmal das Bedeutende ausmerzen und dann wird's im Kleinen schon passen?

Ins Museum gehe ich nicht, doch gehe ich die *Sjøgata* hinunter. Ich will mich bloß nicht von Iona sehen lassen. Wenn sie mich so sieht, fühlt sie sich sicher verarscht. Wenn das alles ist, was ich mache, hätte ich ja auch mit ihr mitkommen können, würde ich zu hören bekommen. Da hätte sie recht. Aber ich kann mich ihr nicht erklären, sie würde die Gedanken nicht verstehen, die ich in mir trage und einfach aufs Verrecken nicht loswerde.

An mir rauscht ein schwarzer Van mit abgedunkelten Scheiben vorbei. In etwa zwanzig Metern Entfernung wird er langsamer und hält, direkt vor dem Spezialitätengeschäft. Jemand schiebt die Tür auf und steigt aus. Wer setzt denn da bei solch winterlichen Temperaturen mit seinen Flamenco-Heels auf das Kopfsteinpflaster auf? Nun, es ist Madison. Womöglich haben sie bei meiner derartigen Beschreibung schon ein, zwei Sekunden lang geahnt, was auf uns zukommt. Aber nicht ich. Das können Sie mir glauben, ich bin fast gegen eine Laterne gerannt.

Sie schaut nach links, dann nach rechts in meine Richtung. Ich verstecke mich schnell hinter der genannten Laterne. Da ich aber leider nicht die Figur einer Laterne habe, könnte sie durchaus gesehen haben, dass dort jemand steht, nur so nebenbei.

Aber es scheint, als meine sie, die Luft sei rein. Also geht sie in das Geschäft. Der Motor des Vans läuft weiter und so kringeln sich die Abgase über die Straße. Ich bin mir nicht sicher, ob ich weitergehen soll. Lieber nicht. Also bleibe ich stehen, suche eine etwas geschütztere Ecke und beobachte den Van, ohne wie ein Psycho auszuschauen. Im Zweifelsfall schaue ich einfach auf mein Smartphone, das fällt mittlerweile ja auch niemandem mehr auf. Tue so, als wenn ich hinter der Ecke auf meine Verabredung warte. Ein altes Ehepaar geht an mir vorbei, schaut mich vorwurfsvoll an. Ich lächele doch schon wie ein Schwiegersohn. Was soll ich denn *noch* tun?

Langsam wird es kalt. Beim Einkleiden heute morgen war ich leider nicht auf eine Stalkingsession vorbereitet. Ich hätte mir noch ein Süppchen in einer Thermoskanne mitnehmen können. Doch solche Sachen vergesse ich nun mal immer.

Die Tür des Vans geht wieder auf. Madison verlässt das Geschäft mit zwei Einkaufstüten. Sie steigt aber nicht wieder ein. Sie spricht mit dem Fahrer, gibt die beiden Tüten in den Van und lässt den kleinen Autobus fahren. Da steht sie nun, etwas deplatziert, wie ich finde. Guckt auf ihre schicke Uhr, die bis hierher funkelt.

Die *Sjøgata*, nebenbei gesagt die älteste Straße Tromsøs, zieht sich am Hafen entlang. Madison geht von mir weg, folgt dem Straßenverlauf in Richtung Hurtigrutenkai. Und auch ich setze mich in Bewegung, schlendere hinterher, versuche mein Tempo an sie anzupassen. Sie geht sehr zielstrebig, ganz anders als Iona. Ich mag beides. Mir ist nur wichtig, dass man sich dazu entscheidet. Entweder von A nach B, oder bewusstes Flanieren. Für mich ist das gerade eine gefährliche Situation. Wir sind auf dem Teil der Straße, der relativ gerade verläuft, sie müsste sich nur umdrehen und schon könnte sie mich sehen. Und jetzt, beim dritten Mal, würde sie sich sicherlich an mich erinnern.

In diesen kleinen, entlegenen Nebenstraßen ist es schwer, nicht aufzufallen. Wir sind an der Rückseite des Radisson Blu angelangt, doch das lässt sie auf linker Seite liegen und bleibt lieber ein paar Sekunden vor einem Blumenladen stehen, bevor sie ihren Weg wieder aufnimmt. Ich höre ihre Schuhe auf dem Asphalt, halte mich mal zwanzig, mal dreißig Meter hinter ihr, muss zügig sein, um Schritt zu halten.

Irgendwann kommen wir beim nordnorwegischen Kunstmuseum heraus und ich weiß endlich wieder, wo wir sind. An der T-Kreuzung bleibt sie gar nicht erst stehen, ignoriert die Fußgängerampel und läuft bedenkenlos diagonal auf die andere Seite. Das wiederum kann ich nicht tun. Es ist rot und eine Lücke zwischen den Autos ist nicht abzusehen. Ich laufe Gefahr, sie zu verlieren. Ich weiß nun endlich, wie sich das FBI fühlt. Sie geht um die Ecke, an dem Touristenbüro vorbei, kürzt über die kleine Grünanlage ab und verschwindet aus meinem Blickfeld. Normalerweise wäre es das gewesen, doch ich weiß, dass sich hinter der Grünanlage direkt am Wasser eine große Asphaltfläche versteckt, auf der niemand so schnell verschwinden kann. Als ich die Straße also endlich hinter mich bringen kann, geht meine Theorie auf: Hier unten am Hafen gibt es unzählige Hotels, das *Scandic Ishavshotel*, das *Radisson Blu*, das

Quality Saga, das *Clarion Collection With* oder das *Clarion Collection Aurora*, um nur ein paar zu nennen, doch sie sind im modernsten und exklusivsten abgestiegen: dem *Clarion – The Edge Hotel*. Klingt bereits wie ein Fernseh-Dreiteiler. Das hätte ich mir gerne mit Iona gegönnt, doch 230 Tacken die Nacht haben wir beide nicht gerade übrig. Was aber viel wichtiger ist: die Teeniemeute rettet mich in diesen Sekunden, denn Madison ist noch für ein Selfie stehen geblieben. Ob sich das unbekannte Mädchen später fragen wird, wer dieser mysteriöse Mann hinten im Bild ist?

Ich weiß, dass ich ihr zuvorkommen muss. Ist sie einmal im Hotel, wird sie verschwunden sein. Ich nutze die gewonnene Zeit und flankiere die Beiden, in der Hoffnung, dass etwas weitere Zeit für mich herausspringt. Vor ihr noch betrete ich das Hotel, wirklich ein nobles Ding. Eine großräumige Lobby, nordisch, edel und schlicht gehalten mit einem Hauch Postmoderne. Ich schleiche mich über den anthrazitfarbenen Mosaikboden an der betriebsamen Rezeption vorbei und suche mir den strategisch günstigsten Punkt: neben den Fahrstühlen.

Ich verschanze mich hinter der Ecke neben dem Treppenhaus und den Besuchertoiletten. Trete auf, als würde ich wieder auf jemanden warten, womöglich auf jemanden, der gerade zur Toilette ist. Zur Ablenkung ist mir wieder mein Handy behilflich, ich will einen Eindruck des Desinteresses an der Welt um mich entstehen lassen, doch insgeheim verfolge ich jeden Atemzug, jeden Herzschlag um mich herum. Jetzt kann mir nur noch Fortuna helfen.

25

Zum Glück ist der Fahrstuhl überaus belebt. Ich höre viele Leute, allerdings nur auf Norwegisch. Gerade gehen wieder welche hinaus und neue kommen herein. Unter die Norweger mischt sich ein sprachlicher Parasit: »Number four, please.«
Ich kann jetzt nicht grübeln, ob das wirklich Madison Nash ist, ich würde sagen ja, aber das ist mein einziges Signal. Als ich es höre, und ehe sich noch die Tür zum Fahrstuhl schließen kann, haste ich los, stoße die Tür zum Treppenhaus auf und beginne meinen Aufstieg. »Hurtig! Hurtig!«, höre ich Iona mich anfeuern.
Ich nehme immer zwei Stufen, meine Güte, wie lange habe ich keinen Sport mehr gemacht. Wieso mache ich diese Scheiße hier? Was genau treibt mich an? Ist es immernoch der Ruhm einer Musikerin? Mein eigener Traum? Will ich vielleicht einfach mal austesten, wie leicht man an derartige Leute herankommt? Determinieren wo die Grenze liegt? Wo die Grenze liegt, zwischen mir und einem erfolgreichen Menschen? Ich weiß nur eines: Ein Zurück würde ich jetzt bereuen.
Der vierte Stock ist erreicht. Ich habe das Gefühl, Ewigkeiten gebraucht zu haben. Die Tür zum Flur knatscht ein wenig, als ich sie vorsichtig, aber möglichst zügig öffne und durchschreite. Ein Blick auf den Flur. Ich sehe den Fahrstuhl, aber keine Zimmer. Sie verbergen sich genau dahinter auf einem neuen Flur. Ehe ich ihn erblicken kann, höre ich etwas: Eine Tür, die ins Schloss fällt.

Ich sehe niemanden mehr. Ich bin zu spät. Dabei kann es nicht weit weg gewesen sein. Der hintere Teil des Flurs ist, im Gegensatz zum vorderen Gang, nicht mehr mit Teppich ausgelegt, doch das Geräusch war ganz klar vom Teppich gedämpft. Ich brauche alle Sinne um mich vorzutasten. Schon als ich am Fahrstuhl vorbeikam, lag es mir in der Nase: *Lacoste Pour Femme*. Das Parfum meiner Ex. Das würde ich unter Hunderten mit verstopfter Nase erkennen. Doch ich muss den ganzen Erinnerungen, die gerade jetzt aufkommen, unbedingt trotzen, den ganzen Bildern in meinem Kopf, dem Schmerz, den ich damals hatte.

Ich gehe langsam, Schritt für Schritt, den Flur hinab. Achte darauf, ob der Duft abreißt oder erhalten bleibt. Zimmer 403 und 404, Zimmer 405 und 406, Zimmer 407 und 408, Zimmer 409 und 410. Stopp. Er ist weg. Ich gehe einen Schritt zurück. Es muss entweder 407 oder 408 sein. Rechts oder links, das ist nur die Frage.

Ich nehme auf beiden Seiten Duftproben und wundere mich, dass ich mich erst gerade jetzt auf diesem Irrlauf bescheuert fühle. Aber es kommt mir vor, als wenn 408 nicht so stark riecht wie 407. Ich lausche. Nichts.

Das wars wohl. Hier ist Endstation. War gar nicht so schwer, muss ich zugeben. Wenn man es so sieht, ist sie auch nur ein Mensch, der sich ein Hotelzimmer nimmt. Was mich vom Fan zum Stalker macht.

Ich schwitze ganz schön. Naja, kann im Museum ja auch einfach super warm gewesen sein. Aber immerhin habe ich die

Zeit ganz gut rumbekommen. Und runter nehme ich wieder den Fahrstuhl, ganz sicher!
Sonnenschein begrüßt mich vor dem Hotel.
Und? Was meinen Sie? Wohin als nächstes?
Was sagen Sie? Sie nennen mich Lappen? Weil ich nichts mehr unternommen habe? Ja, hören Sie mal!

Schon allein der Gedanke daran, mich wieder nach oben zu begeben, erzeugt Herzasen. Die kleinste Erwägung, der kleinste Impetus führt zur größten Versuchung.
Ich setze mich ans Wasser, auf einen dieser Hafenpoller, an denen man sonst die Schiffe vertaut.
Ich muss wirklich diese ganze Rockstarromantik vergessen.
Jedoch wäre das wie eine Selbstverleumdung.
Ich weiß nicht, ob Sie mich verstehen können. Aber ich sehne mich dauernd hinaus in die Welt. In Kreise, wie diese. Das Kaff, aus dem ich komme, hat mich schon immer genervt. Die Zeiten sind vorbei, als ich allein in die Einöde wollte. Ich will mitmischen, will die Aufmerksamkeit, will ins *hustle & bustle*.
Wenn ich jetzt nichts tue, wird Madison und diese ganze Band für mich nur als Phantom erhalten bleiben, als Welt, die ich nie erfahren durfte. Es wird mich für einige Zeit nicht mehr freigeben. Ich muss mir beweisen, dass diese Leute auch nur mit Wasser kochen und, dass ich nicht wertloser als jeder von ihnen bin.
Ich muss da wieder hoch und den Bann brechen.

Mit zerbrechlicher Entschlossenheit stehe ich wieder auf und betrete den großen Hotelbau, dessen Hotelzimmer so gebaut sind, dass sie über einem im spitzen Winkel zulaufen und dem jeweiligen Eckzimmer einen überwältigenden Ausblick über den Sund auf die andere Seite ermöglichen.

Innerlich setzen sich mir die Scheuklappen auf, mein Blick beschränkt sich auf die eine Sache, die mir bevorsteht. Ich werde mich später nicht an den Weg, an den Fahrstuhl oder an irgendeinen der Flure erinnern. Ich stehe einfach plötzlich vor einer massiven, weißen Tür, sehe den 407-Schriftzug und klopfe.

Im Moment weiß ich nur eines: Noch nie war ich so mutig.

Adoleszenz

2008, Alter 16. Wie immer ist er verliebt. Mit Freunden sitzt er beisammen, die Sommerluft ist lau, der Freitagabend noch jung. Die Lässigkeit der Stimmung wird durchbrochen, denn per Kurznachricht erfährt er, dass seine Großmutter gestorben ist. Es war leider abzusehen. Er würde nicht sagen, dass er sie sonderlich gut kannte, sie sahen sich vielleicht einmal im Jahr, doch trotzdem sollte er jetzt traurig sein. Zumindest aus Pietät.

Seine Freunde wissen nicht so recht zu reagieren, wanken in Verlegenheit, lenken flink wieder ab. Als Adrians Schwarm hereinkommt und davon erfährt, fragt sie ihn: »Wollen wir reden?« Er sagt natürlich ja.

Sie gehen hinaus und sie fragt ihn, ob alles ok sei. Er versucht sie zu beruhigen, es ginge ihm gut, und das stimmt auch irgendwie. Was er nun fühlt, würden viele als heikel bezeichnen, doch welches Gefühl ließe sich ganz sicher als „nicht heikel" etikettieren? Heikel deswegen, weil er die Rolle wechselt: Er fühlt nicht mehr als Enkel der verstorbenen Großmutter, sondern als der Verehrer seines Mädchens. Er versucht, Zuneigungsprofit aus der Situation zu schlagen. Er freut sich über die Anteilnahme seiner heimlichen Liebe, ihre Besorgtheit, fragt sich, was man daraus noch machen könne. Nichts, das müsste er eigentlich wissen. Er weiß von ihrer Unerreichbarkeit, aber Verliebtheit macht irrational.

Und seine Großmutter? An die kann er nur noch schwerlich denken. Vielleicht hätte man diesem törichten, jungen Mann noch ein paar Mal sagen sollen, dass gerade ein Mensch gestorben war und seine Verliebtheit nicht daran gestorben wäre, wenn er sich nicht darüber gefreut hätte. Vielleicht hätte er es sogar verstanden.

Ich will kein falsches Bild abgeben, ich mochte meine Großmutter sehr und es war trotz der Distanz immer eine stille Sympathie für sie vorhanden, doch ist dies hier symptomatisch dafür, wie schwach ich zeitweise war. In diesem Moment war die Zuneigung, und wenn sie auch banal war, für mich einfach wichtiger.

Dass ich schwach war, spürte ich in diesen Zeiten nicht so sehr, weswegen sich der Rückblick auf meine Jugend sehr heiter anfühlt und sich fast als wehmütig herausstellt. Man könnte das nostalgische Verklärung nennen, doch sie war wirklich nicht so verloren, wie ich es manchmal dachte. Die Jugend war entscheidend, im positivsten Sinne. Ich reiste zu den Extremen meiner Gefühle, hatte wirklich Tuchfühlung mit diesem Lebensabschnitt und lernte, lernte, lernte.

Ich fing an, Songs zu schreiben. Ich sage nicht, dass sie gut waren, aber zumindest waren sie ehrlich. Es gab keinen Filter oder Katalysator für meine Empfindungen, also musste ich sie direkt loswerden. Und je schlechter es mir ging, desto mehr schrieb ich. Ich verpackte meine inneren Dämonen in Worte und ließ sie damit aus mir frei.

Ohne meine gesunde Portion Selbsthass wäre ich aber nie dazu gekommen. Ich höre das oft, Künstler, die sagen, eine Abscheu gegen sich selbst sei bei ihnen oft vorhanden oder sogar förderlich. Ich entdeckte bei mir eine Selbstzerstörungslogik, die mies, aber verlockend war, die mir sagte: Zerstöre Teile von dir, um die verbleibenden noch kostbarer zu machen.

Hass und Liebe hängen eng zusammen, wenngleich sie auch Gegenpole sind. Wen man hasst und wen man liebt, das hängt davon ab, wer man selbst ist. Wir glauben, Hass sei selbstlos. Wir glauben, Liebe sei so selbstlos. Das kann sie sein, gewiss. Aber meistens hat sie wohl nur mit uns zu tun.

Manchmal glaube ich ja, dass ich mir den Selbsthass nur vorspiele, nur vor anderen, damit sie mir sagen, wie toll ich doch eigentlich bin. Ja, das ist es. Im Grunde halte ich mich für einen tollen Hecht. Wie schmierig, nicht? Aber beruhigen Sie sich: Ich arbeite noch an meiner Bescheidenheit! Manchmal braucht ein Charakterzug eben so lange wie ein Hauptstadtflughafen. Ja, gewiss, meine Seele ist eine Großbaustelle!

Wo war ich stehengeblieben? Achja: Wer glücklich ist, hat nichts zu sagen. Also war klar, dass ich viel loswerden musste, anklagen musste. Ich gab mit meinen Songs sogar mehrere kleine Konzerte, denn dort hörte meine Menschenscheu auf: Ich wollte jedem zeigen, wer ich war, was ich konnte. Wollte, dass jeder hört, was ich zu sagen hatte. Und auf die Bühne wollte ich schon immer, will ich auch heute noch. Denn das ist meins. Der Ort, an dem sich das alte Spiel um Anerkennung und die Veräußerung innersten Eifers, des innersten Feuers treffen.

Und außerdem gilt: The harder the life, the sweeter the song. Ich weiß nicht, wie das heute ist. Mein Leben ist eigentlich momentan viel zu zufriedenstellend, als dass ich gute Kunst machen könnte.

Da ich der Schule ja für längere Zeit fernblieb, setzten sich neue Mechanismen in Gang, etwas ganz Merkwürdiges passierte: Ich fing wieder an, selbstständig zu denken. Ich hatte es fast verlernt, die Schule hatte mir doch so gut beigebracht, wie ich das umgehen konnte. Allerdings übertrieb ich es mit der Nachdenklichkeit: Ich wurde schnell zum Melancholiker.

Nach einiger Zeit brach ich, parallel zu meiner entstehenden Melancholie, die Fassaden zu meiner Kreativität nieder, die man so sorgfältig zugekittet hatte, um mich konform und glatt zu machen. Wie ein Arzt, der einen venösen Zugang legt, fing ich an, meine kreativen Energien anzuzapfen, mit der Musik als mein Werkzeug. Ich will nicht sagen, dass das blendend funktioniert hat, vielleicht ganz gut, aber ich kämpfe noch heute darum.

Und ich glaube, es hat mich recht faul aussehen lassen, dass ich es sechs Jahre lang gewohnt war, morgens auszuschlafen. Das hat mich ziemlich genervt. Ich schlief ja nicht länger, nur zu anderen Zeiten. Naja, ich gebe zu, vielleicht ein bisschen länger. Aber gesund lange. Man könnte eher sagen, dass alle anderen ungesund kurz schlafen.

Aber ich hatte natürlich nie den Mumm, jemandem so etwas zu sagen, ich als Ex-Sozialphobiker, darf ich lachen? Frech sein

geht nur, wenn man die Ablehnung nicht fürchtet, ich fürchtete sie aber in allen Maßen. Ich war ja schon von Haus aus schüchtern und dann will man nicht mehr hinaus, fürchtet, Bekannte zu treffen, in Erklärungsnot zu geraten, fürchtet, dass auf einen hinabgeblickt wird. Fürchtet, sich für sein eigenes Leben rechtfertigen zu müssen. Mittlerweile weiß ich, dass ich mich vor niemandem rechtfertigen muss. Ich hatte niemandem mit meiner Schulabstinenz geschadet, so gab es die Rechenschaft nur vor mir selbst. Ich musste das mit mir regeln, mehr nicht. Dass das die Schulbehörde anders sah, ist mir klar. Ihre liebe Form, mir das zu sagen, war eine Bußgelddrohung. Sie konnte eben auch nur auf dem Papier frech sein.
Aber ich will meine Blütejahre nicht weit grässlicher darstellen, als sie überhaupt waren. Die innere Flucht aus den äußeren Missständen fiel mir schon immer leicht. Deswegen erinnere ich mich an viel Schönes. Die Zeit, in der Horrofilme noch so aufregend waren. Blair Witch Project oder [REC] zum Beispiel. Man konnte sich dem noch richtig hingeben, heute stumpft man mit der Zeit ganz schön ab. Man kaufte immer Unmengen an Junkfood für solche Horrornächte mit Freunden ein. Besorgte sich einen Beamer, traf sich bei einem, machte die Nacht durch bis es hell wurde und endete dann meist mit einem harmloseren Film, den man noch so auf der Festplatte fand. Ich kann mich an ein Mal erinnern, da gingen wir nach draußen, als die Sonne wieder aufging. Fünf Uhr morgens oder so. Setzten uns auf eine der dörflichen Straßen und breiteten uns mit unseren Popcorntüten und allem anderen Süßkrams aus und „frühstückten".

Das war alles noch so harmlos. Das war noch die Zeit, bevor man sich traf, um zu kiffen und zu trinken und dann immer irgendwer aus dem Fenster reiherte.

Meine erste Freundin hatte ich mit siebzehneinhalb. Das macht mich nicht gerade zum Frühstarter, aber immerhin ein Wunder, dass es dennoch zeitig geklappt hat und das Ganze währte immerhin ein Jahr und sieben Monate. Ich eröffnete ihr meine Verliebtheit mit einem Song, vielleicht war das sogar das entscheidende Element, ich weiß es nicht.
Vorher war es auch schon unzerstörbar schön, diese Verliebtheit in Ungewissheit. Bevor man erfährt, dass sich die Angebetete in irgendeinen Idioten verliebt hat, der nicht Adrian heißt. Immer ein Funken Hoffnung, immer ein stückweit Traum. Die Vorstellung davon, mit ihr Strände hinunter zu spazieren, Berghütten mit Gemütlichkeit zu füllen, es spielt sich alles nur in deinem Kopf ab. Das macht das Herz warm. Wenn das dann aber erwidert wird, dann steht die Welt Kopf und man will sich dauernd seines eigenen Verstandes vergewissern. Das ist besser als jeder Absinthrausch. Doch da ich mit Absinth bisher auch meinen miesesten Absturz hatte, sollte ich auf eine Gemeinsamkeit zwischen erwiderter Liebe und Absinth hinweisen: der Aufprall, der irgendwann folgt. Jeder Höhenflug verlangt seinen Aufprall. Sie werden jetzt sagen, ich sei verbittert. Ich bin Realist. Zählen Sie doch mal ab: Gehen mehr als die Hälfte der Beziehungen auseinander? Na, sehen Sie? Man kann nur sehen, dass man nicht wie Ikarus gen Boden

schlingert und der ganze Bums im Crash endet. Dann am liebsten ein Hinfortgleiten ohne Treibstoff, eine geglückte Notlandung. Doch das ist so selten wie die Liebe selbst.

Aber schließlich ließ der genannte und unausweichliche Aufprall etwas auf sich warten. Diese Beziehung hielt mich etwa für ein Jahr auf Höhenflug. Ein Glücksjahr. Ich spürte, wie wichtig das alles für mich war: ein Aufatmen nach jahrelangem Luftanhalten.

27

Die Tür öffnet sich.
Das ist aber nicht Madison Nash, denke ich. War es doch 408?
Vor mir steht ein glatzköpfiger Hüne mit grimmigem Blick. Ein bisschen fett ist er schon, doch im ersten Moment denkt man, es seien vor allem Muskeln.
»Wer bist du?«, grunzt er mich an.
Ich habe so einen miesen Kloß im Hals, schnappe einmal nach Luft und nehme dann meinen ganzen Mut zusammen: »Ich wollte nach Madison fragen.«
»Freundchen, das wollen hier alle.«
Das Gute ist, dass ich schonmal im richtigen Zimmer gelandet bin. Mehr, als der Belästigung beschuldigt und des Hotels verwiesen zu werden, kann ich nicht.
Er bleibt unnachgiebig: »Dann nenn mir doch mal 'ne Sache, die dich qualifiziert, hier zu sein.«
Natürlich gibt es keine. Doch ich weiß, dass ich mir jetzt alles erlauben muss: »Sagen Sie mal, sind Sie ihr Türsteher?«
»Sagen wir so, du bist doch der lebende Beweis, dass sie einen braucht«, was kein schlechter Konter ist, muss ich zugeben.
»Was ist los?«, schallt es hinten aus dem Zimmer.
»Hier steht so ein Typ.«
»Ein Typ?«, sagt sie.
»Ein Typ.«
»*So ein Typ?*«
»Ja.«

»Zeig her.«

Er gehorcht ihr und greift mir hinter die Schulter und schiebt mich ins Zimmer. In diesem Moment weiß ich, dass ich ihren weißen Teppich mit meinen morastigen Wanderstiefeln versaue. Also bleibe ich genau dort stehen, wo er mich hingeschoben hat.

Meine Güte, was für ein Timing ich immer hinlege. Denn Madison kann ich nur durch einen kleinen Spalt in der Tür zum Badezimmer sehen, der unmissverständlich vermuten lässt, dass sie gerade genüsslich ihre Zeit in der Badewanne verbringt.

»Ist okay, lass ihn rein.« Ich traue meinen Ohren nicht. Entgeistert starre ich gen Badezimmertür. Adrian, mach deinen Mund zu!

»Ich frage dann nochmal unten nach, wie das mit der Reservierung ist«, sagt der Kraftklotz.

»Vergiss bitte nicht, auch für die anderen nachzufragen.«

Er bejaht und schaut mich zuletzt zweiflerisch an. Doch ich gönne mir ein Quäntchen Stolz und strecke die Brust heraus. Er wendet sich von mir ab und zieht die Tür hinter sich zu.

Die Aufregung dreht sich nun in freudige Erregung und ich warte darauf, dass sie etwas sagt, gleichwohl ich eigentlich derjenige bin, der nun seine Absicht äußern sollte. Meine Hoffnung erfüllt sich aber: »Mir ist es gestern nach dem Gig wieder eingefallen. Du warst da neben mir an der Kasse, oder?« Ich nicke erleichtert.

»Und wieso sehen wir uns jetzt ein drittes Mal?«, sagt sie und

nimmt mir mit ihrem neugierigen Lächeln die Angst, was aber für die Katz ist: Ich bin in der Sackgasse. *Was will ich hier?*
Wo ich schonmal hier bin, könnte ich doch gleich mal fragen, ob sie nicht einen dritten Gitarristen brauchen. Für umsonst, ich will doch einfach nur mit. Ach, Adrian. Das ist lachhaft. Deine Gitarren hast du seit Monaten nicht mehr angefasst.
Mir bleibt nichts als die Wahrheit, schon allein aus Ideenlosigkeit. Ein Autogramm habe ich ja schon, natürlich, ein Selfie mit ihr in der Wanne wäre eine echte Errungenschaft, aber das hätte ich ja vorher nicht berrechnen können, dass sie gerade in der Wanne liegt. Nun, wir könnten über die Diskrepanzen in meiner Beziehung reden, aber wieso sollte ich mich deswegen zu ihr ins Hotelzimmer vorgeschlagen haben? Habe ich denn nichts Besseres zu tun?
»Ganz ehrlich? Ich weiß es nicht«, fange ich an zu lachen und verfalle in den amerikanischen Akzent, für den mich Iona immer rügt. »Weißt du, ich wollte immer Musiker werden und wollte einfach mal sehen, ob man dafür wirklich Halbgott sein muss«, fahre ich fort und lehne mich an den Türrahmen des Bades. »Ein wenig Fame schnuppern.«
Ihre Rückmeldung fällt nonverbal aus. Sie muss über meine Äußerung lachen. Ein ganz armes Würstchen, denkt sie wohl. Der Gesichtsausdruck, der sich jetzt bei ihr einstellt, Sie müssten ihn wirklich sehen. Er hat etwas Zielstrebiges an sich, etwas Versessenes. Als würde sie sagen: *Ich bin dein Schicksal.*
Ich finde jetzt immer mehr Worte: »Aber es ist einfacher, als ich dachte. Ich sollte öfter versuchen, Rockstars zu nerven,

wenn sie baden.«

»Glaubst du, dass du jetzt hier stehen dürftest, wenn du ein Verschnitt von Ozzy Osbourne wärst?«, fragt sie nach.

»Wie ist das gemeint?«

»Natürlich, Ozzy ist 'ne coole Sau mit viel Fame. Aber hässlich wie die Nacht und niemand, dem man nachts auf der Straße begegnen will.«

Ich speichere das einfach mal als Kompliment ab. Und ich finde es irgendwie anregend, dass ihre Welt so einfach aussieht. Dass sich ihre Selektionskriterien, wenn sie will, nach Oberfläche richten. Das machen die meisten so, aber ich glaube bei Madison hat das mit anderen Dingen zu tun. Ich traue ihr eine gute Menschenkenntnis zu. Sie ließ mich rein und ich bin schließlich kein Psychopath. Oder?

Ehe ich zwinkern kann steigt sie aus der Wanne. Das entlockt mir ein hitziges »Whow!«. Es wird brenzlig, doch ich drehe mich aus Höflichkeit um. Ich bin ein gut erzogener Junge. Was ein Jammer, denke ich. Sie hätte mich sicherlich nicht davon abgehalten, es nicht zu tun.

Ich trete zurück in den Hauptteil ihres Zimmers. Schaue mich ein wenig um, viel Zeug liegt herum. Einige Taschen, Klamotten und die ein oder andere Gitarre.

»Ist schon ok, ich hab was an«, entschärft sie den Moment, indem sie im polarweißen Bademantel vor mich tritt. Ohne all diese Aufmachung, das Leder und die Schminke, die Ketten und all die Dinge, die sie zur Rockqueen machen, wirkt sie wie ein Wesen von überraschender Unschuld.

»Wenn ich ehrlich bin, hätte ich mir mehr Luxus und Schnickschnack vorgestellt«, spreche ich im Hinblick auf ihr Hotelzimmer an.

»Wozu Luxus? Ich mag Luxus nicht. Ich weiß, für jemanden, der gerade aus einer freistehenden Badewanne gestiegen ist, klingt das albern, aber ich mache, was ich liebe. Ich liebe es, Musik zu machen. Leute brauchen Luxus nur, um ein Leben auszuhalten, das sie nicht lieben. Ein Leben, das ihnen nicht entspricht.«

»Mh...« Ich weiß nichts Besseres zu erwidern, ich hatte solch Weisheit von ihr nicht erwartet.

»Ist doch so, oder?«, meint sie.

Jemand klopft im Rhythmus an die Tür und will gar nicht mehr aufhören. Madison grient mir nur verlegen zu und setzt zum Sprechen an: »Geh mal kurz in den Schrank.«

Mit fragendem Blick blicke ich in ihre braunen Augen.

»Los, geh schon«, winkt sie mich in die Richtung des großen Kirschholzkleiderschrankes. Eine Wahl habe ich wohl nicht. Tief gesunken bin ich sowieso schon. Also? Ab ins dunkle, hölzerne Kämmerlein.

Ich dränge mich zwischen einige Lederjacken, die sie aufgehängt hat, ein paar gewaschen, andere nicht. Doch alle riechen sie nach meiner Ex. Wird das mein Erstickungstod sein? Es wäre eine tolle Schlagzeile oder eine gute Black Story.

Endlich beendet Madison den übereifrigen Takt auf der anderen Seite der Tür und öffnet. Das konnte ja nur der Drummer gewesen sein. Und er ist es auch: Dylan Nash.

»Schwesterherz, hat man bei dir auch den Fernseher abgestellt?«

»Nicht, dass ich wüsste, Dylan. Vielleicht hast du wieder zu viele Pornos geguckt.«

»Naja, meiner geht irgendwie nicht me... Wer hat denn hier den ganzen Boden eingesaut?!«, feixt er sich.

»Oh«, tut sie überrascht. »Das muss wohl ich gewesen sein.«

»Maddy, Maddy, Maddy, du hältst doch nicht etwa ein Wildschwein in deinem Zimmer?«

Maddy ist aber hörbar genervt: »Weswegen bist du jetzt nochmal hier?«

»Du hältst es doch nicht hier und versteckst es gerade in deinem Schrank, oder?«

Meine Herzfrequenz könnte jetzt gut mit dem Hummelflug von Rimski-Korsakow mithalten. Geräuschlos dränge ich mich in die hinterste Ecke.

»Ach komm, hör auf, ich hab' gerade genug zu tun«, drängt sie ihn zurück.

»Ohhh, seit wann bist du denn so businessversessen? Mrs. Busy?«, figuriert er und muss selbst darüber lachen. Er klingt dabei nicht unangenehm oder vermessen, er ist sicherlich der Typ Mensch, mit dem man wunderbar ein paar Bierchen kippen könnte. Doch als Drummer sollte er ein besseres Timing draufhaben. Madison seufzt nur.

»Kann ich jetzt bei dir fernsehen? Bitteeeee...«, bettelt er.

»Tut mir leid, ist gerade schlecht. Frag doch Ryan.«

Sie schafft es, ihn abzuwimmeln und bittet mich wieder heraus.

Die unteren Spitzen ihrer Haare sind noch nass, fällt mir auf. Es stellt sich ein kurzer Moment der peinlichen Stille ein. Sie ist noch genervt von ihrem Bruder und ich bin ziemlich fehl am Platz. Zum letzten Mal: *Was mache ich hier?*

Im nächsten Moment kommt Madison auf mich zu, packt mich mit ihren feuchten Händen an den Knöpfen meiner Jeansjacke, zieht mich ran und drückt mir mit ihren lippenstiftroten Lippen einen Kuss auf den Mund und steckt mir als Krönung für einen kurzen Moment die Zunge in den Hals. Ihre Lippen sind samtweich, anders kann ich es nicht sagen, wirklich samtweich. Anders als ihre Attitüde es vermuten lassen würde. Weder kann ich mich, noch *will* ich mich in diesem Moment wehren. Ich muss es nur hinnehmen, ohne zwangsläufig zu einhundert Prozent teilnahmslos zu bleiben.

In mir macht sich eine eigenartige Gattung der Aufregung breit. Ich fühle keine Hormone und schon gar keine Romantik. Eine gewisse Erotik bleibt nicht aus und das drückt sich auch gewissermaßen anderweitig aus, aber es gibt kein Kribbeln.

»So, ich hoffe mal, du hast kein Herpes«, grinst sie. Ein Kommentar, welcher sich im Prinzip gut meinem momentanen Romantikverständnis angleicht. Es scheint ihre Stimmung sichtlich gehoben zu haben: »Ich wollte schon immer mal einen Norweger küssen.«

Ich lache.

»Tut mir leid, dich enttäuschen zu müssen, aber ich bin Deutscher«, amüsiere ich mich.

»Meinst du das ernst?! Verdammte Scheiße. Euch hatte ich

schon.« In meinen Gedanken schlägt sie ein riesiges Buch auf und trägt immer neue Nationalitäten ein. Genau so, als würde sie Briefmarken sammeln. Nur irgendwie anders.

»Ja, ist leider die Wahrheit. Kann ich auch manchmal nicht fassen.«

»Na gut, Fremder«, sagt sie und richtet ihre beiden Zeigefinger auf mich: »Das war dein Moment Fame. Okay?« Ich nicke verlegen. Finde es irgendwie süß von ihr.

Sie tritt erneut an mich heran und sagt: »Und das ist für den ganzen Dreck auf dem Teppich.« Sie greift mir in den Schritt und klemmt mir mit allem Elan mein Allerheiligstes.

HOLY MOLY!

28

Nein, nein, nein, das kann nicht wahr sein. Was ist da gerade passiert? Habe ich geschlafen? Ist das ein Traum?
Ich habe mal gehört, dass im Traum niemals zweimal hintereinander dieselbe Uhrzeit ist, wenn man auf eine Uhr schaut. Ich spähe hinauf zu den Zeigern der neogotischen Holzkathedrale: Zwanzig nach fünf.
Ein ausführlicher Blick auf die Grünfläche darunter, den Park, die Menschen. Die Augen erneut hinauf: Zwanzig nach fünf.
Mist. Ich bin gefangen in der Realität.
Ich kaue andauernd auf meiner Lippe herum, muss diesen bescheuerten Lippenstift loswerden, ich schmecke ihn noch, ich schmecke Madison noch. Da kackt mir die Liebe doch tatsächlich in die Schuhe.
Jetzt bist du es, Adrian. Jetzt bist du der Bad Boy, der du sein wolltest. Hier hast du deine unmoralischen Machenschaften, hast dich von einer küssen lassen, die sieben Jahre älter ist als du, die bei weitem nicht so eine Augenweide ist wie Iona, die vielleicht herb ist, dich nach langem wieder aphrodisiert hat, ganz ohne Romantik, ganz ohne Kitsch und Schwärmerei. Die dir für eine Minute eine gewisse Freude am Vergänglichen gegeben hat. Du hast alles aufs Spiel gesetzt, für Adrenalin.
Du hast „*All in!*" zum Leben gesagt.

Auch ein Anruf bei Ben wird mir nicht helfen.
»Leg die Karten sofort auf den Tisch. Das ist deine einzige

Chance.«

Was weiß er schon, denke ich. Er ist nicht in meiner Situation. Doch es ist meine Schuld: Ich rufe Leute an, von denen ich weiß, dass sie mir sagen, was ich nicht hören will.

Ich breche das Gespräch mit ihm ab, lege einfach so auf. Es flößt mir ein grausiges Gewissen ein, bei allen kann ich das machen, aber nicht bei ihm. Ich gehe willkürlich das Risiko ein, das letzte Mal mit ihm gesprochen zu haben. Dafür verschwende ich seine Zeit nicht weiter mit meinem Mist. Das scheint mir ein fairer Ausgleich.

Ich muss zurück zu Iona. Nie habe ich sie so vermisst. Es schmerzt, es schmerzt. All die anderen Male meiner Sehnsucht, sie scheinen mir bedeutungslos.

Das Mal, als ich sie vermisste, nachdem wir uns in London verabschiedet hatten, jeder stieg wieder in seinen Flieger, wir flogen in entgegengesetzte Richtungen.

Das Mal, als ich etwa zwei Wochen wieder zuhause war, nachdem wir uns kennenlernten, der sporadische Kontakt, die einsamen Nächte, all die leeren Weinflaschen.

Das Mal, als ich von ihr träumte, als im Traum mit ihr drei Tage vergingen, als ich mich daran gewöhnt hatte, sie wieder zu haben und dann aufwachen musste. All die Tränen der Realität wegen. Es ließ mich nicht los.

All diese Male. Sie waren banal, wenn ich sie dem Jetzt gegenüberstelle. So ist das mit der Sehnsucht: Jetzt ist sie immer am schlimmsten.

Ich hetze mich lippenkauend Meter für Meter die Hügel empor.

Muss ich es ihr vielleicht wirklich sagen? Den Fehler und den eigenen Schmerz deswegen sofort zugeben, bevor sich die Sache verstrickt und verläuft? Selbst, wenn sie ruhig bleiben würde, sie würde mich fragen wieso. Ich könnte es ihr nicht sagen. Weil ich das Adrenalin brauchte? Weil ich gerne ein anderer Mensch wäre? Nicht so angepasst und sensibel? Erfolgreicher? Dabei weiß ich doch, dass Erfolg nichts weiter als ein anderes Wort für Vergleich ist. Ich merke, dieser Kuss hat mit meinem Innersten zu tun. Er setzt unterdrückte Gefühle frei. Und es wäre egal, dass *sie* mich geküsst hat. Ich habe mich in diese Situation begeben und es zugelassen.

Ich würde Iona bekunden, dass er für mich überhaupt nicht schön war, dass es Madisons Initiative war. Es wäre wahr. Die meisten Küsse mit Iona fallen schöner aus, lösen mehr angenehme Gefühle aus. Doch müsste ich ihr eines verschweigen: Dass sich der Kuss in diesem Moment richtig anfühlte.

Ich komme auf unsere Wohnung zu. Mein Gang nach Canossa. Es ist nicht abgeschlossen, sie ist zuhause. Ich lege meine Schlüssel ab, suche sie auf. Sie liegt auf der Couch, zwei oder drei Tüten zieren den Boden. Sie nimmt mir den Atem zum Reden: »Hey, sorry nochmal, wegen vorhin. Morgen komm' ich mit ins Museum, okay?«

»Ja. Hör mal...«

»Warte 'nen kleinen Moment. Schau mal, magst du mir sagen, ob du die magst?« Sie hält mir ihre neue Bluse hin. Sie ist so nett. Die Iona, in die ich mich verliebt habe.

»Du siehst toll aus.« Was kein direktes Kompliment an die Bluse ist.

»Danke! Was wolltest du sagen?«

»Ja, was wollte ich nochmal sagen...«

»Lass dir Zeit, ich bring das Zeug kurz ins Schlafzimmer.«

Sie verlässt den Raum. Lässt mich tief in Gedanken zurück und kommt schließlich nach wenigen Sekunden wieder.

»Was war? Du wolltest etwas sagen. Es klang ziemlich ernst«, stellt sie sehr richtig fest.

»Ja, ich muss dir etwas sehr Wichtiges sagen.« Ich schaue deprimiert zu Boden.

»Was willst du mir sagen?«

»Ich will dir sagen...«

»Mh?«

Ich hole Luft: »Ich liebe dich.«

Sie erweicht und küsst mich voller Hingebung. Ich zerberste vor konträren Gefühlen und ihr fällt nichts Besseres ein als: »Deine Lippen sind so rau.«

29

Der Morgen danach.

Man muss mit einer Lüge aufwachen. Mit der Tatsache, ein Betrüger zu sein. Doch Lügen ist so leicht. Es war nicht schwer, ihr das Gefühl zu geben, alles sei in Ordnung. Ich bin dennoch der Auffassung, dass ich es ihr vermitteln muss. Es braucht nur den richtigen Moment.

Das größere Problem stellen die Gefühle für Madison dar. Mit jeder Stunde wächst die Zuneigung und das Verklären.

Ich nutze jede freie Minute, um sie heimlich mit ihrer Musik zu füllen. Die Dusche lasse ich nur aus Alibigründen laufen. Ich muss ihre Musik hören. Diese ganzen Musikvideos, in denen sie sich aufgebrezelt hat, vor brennenden Kulissen in die Kamera singt, ich fühle mich so angesprochen, denn so hat sie mich gestern auch angesehen.

Ich lese die Kommentare unter den Videos:

»*Now, that's what you call a badass chick.*«

»*Madison can wear anything she wants. She still looks hot!*«

»*That scream... gotta change my pants.*«

»*She's the whole package!*«

»*Think, I'm getting lesbian. Madison, will u marry me?*«

Ich sauge alles auf, was ich über sie erfahren kann. Was die Leute von ihr denken, was sie über die Leute denkt. Was sie vom Leben denkt, was man über sie schreibt.

Ich stoße auf einen Artikel, der mich in den Wahnsinn treibt. Schon die Überschrift lässt mir das Herz absacken: »*Mad*

Rush's Bassist bestätigt, dass sich Madison Nash und Ryan LaPointe in einer Beziehung befinden«
Ryan LaPointe? Das ist der Kaffeetrinker. Der Gitarrist der Band.
Ich muss ihr unbedingt schreiben. Ich habe keine Zeit, um es nicht zu überstürzen und so sende ich ihr eine Direktnachricht via Twitter: **Du hast mir nicht gesagt, dass du mit Ryan zusammen bist.** *17:15 Adrian*
Iona holt mich schnell aus meiner Manie, als sie mir aus dem Wohnzimmer zuruft, dass ich mal herkommen solle. Was wird mir blühen?
»Ich würde dich gerne etwas fragen...«, sagt sie.
»Okay? Und was?« *Sie weiß es.*
»Warst du vorletzte Nacht noch wach?«
»Was meinst du?«
»Als du vom Konzert wiederkamst. Du weißt schon...«
»Ehrlich gesagt weiß ich nicht...« *Natürlich* weiß ich.
»Ich hatte einfach das Gefühl, dass du noch nicht geschlafen hast, als ich...«
»Als du was von mir wolltest?«
»Ja.«
Ich schaue zu Boden und weiß, dass ich entwaffnend ehrlich sein sollte: »Ich war noch wach.«
»Weißt du... Ein Nein hätte es auch getan.«
»Ich war einfach ziemlich kaputt.«
»So kaputt, dass du nicht mehr reden konntest?«
»Ich hatte einfach keine Lust mehr auf irgendwas! Es war zu

spät. Verstehst du das nicht?«

»Ich dachte, wir könnten über sowas reden. Es läuft seit Tagen nichts mehr. Sag' nicht, das sei dir nicht aufgefallen.«

»Und macht dich das etwa nervös, oder was?«

»Es macht mir Sorgen. Das ist doch nicht normal.«

»Aber ist das verdammt nochmal meine Schuld?!«

»Na, ist es denn *meine*?«, erwidert sie. Ich seufze überlaut.

»Wenn du willst, kann ich's dir sofort geben. Hier und jetzt!«

»Vielleicht ist es ja genau das, was ich brauche!«

Wir werden lauter und hören auf, uns zu zügeln, reiben uns aneinander auf. Als hätten wir nur auf die Rage gewartet.

»Na, gut! Na, gut! Na, gut! Wenn du es unbedingt willst, dann komm her!«

»Ich bin so scheiße wütend auf dich! Weißt du das eigentlich?!«, faucht sie.

Ich reiße ihre Bluse auf, zerreiße ihren Rock, ein einziges lautes „Ratsch!" und die Naht gibt meinem Zorn nach.

»Du Nichtsnutz! Das Ding wirst du mir bezahlen!«

»Halt deinen Mund!« Ich fange mit dem Prozedere an, mein Körper ist hochgefahren und bereit für den Kampf. Ich verpasse ihr heftige Stöße. Sie liebt den Schmerz, will die Nötigung.

»Das ist alles?! Gib's mir! Los, du Memme!«, schreit sie.

»Du Flittchen! Hast dich von sechs Typen besteigen lassen!«

»Ja, und sie waren alle besser als du!«

Wir beide stöhnen. Ich weiß nicht, ob aus Missmut oder aus Erregung. Ich ramme sie nun so heftig, dass es selbst mir wehtut.

»Ja, los. Mehr, mehr, mehr! Los, Nummer sieben! Fick mich!«
Sie bekommt nicht genug. Niemals. Sie würde sich totvögeln lassen und hätte nicht genug.
»Du dämliche Schlampe! Hast mich noch nie erregt!«
»Fick dich, dummes Schwein!«
Ich raste endgültig aus: »Ja, gerne, mit Lieben! Dann muss ich immerhin kein Stück Dreck mehr ficken!«
Ich lasse sie aufs Sofa fallen, keiner von uns ist gekommen. Will ihr eigentlich noch einen auf den Allerwertesten geben, verkneife es mir. Stülpe mir wieder meine Hose über und lasse meinen Unmut mit einem Schlag an die Holzwand hinaus. Der Schlag ist so derbe, dass die Wand splittert und mein Handgelenk zum Bluten bringt. Ich balle meine Fäuste und stoße einen Schmerzensschrei raus.
Iona wimmert. Ich bin es leid, diesen Hass. Wieso müssen wir uns das antun?
Keuchend trete ich näher an sie heran. Will resigniert ihre Hand nehmen, mich unterwürfig machen. Doch sie schlägt mich weg.
»Fass mich nicht an!«, brüllt sie mir ins Gesicht.
Ich kann nicht mehr. Ich nehme meine Schuhe und Jacke und presche aus der Wohnung.

30

Ich knöpfe mir mein Hemd zu. Ein Knopf bleibt am Ende über. Es ist mir egal, ich reiße ihn ab. Schließe meinen Gürtel wieder. Schnüre mir die Schuhe zu.

Es gibt Leute, die können einen Streit nicht so stehen lassen. Erzwingen die sofortige Versöhnung, sonst können sie nicht schlafen, nicht essen, eigentlich nichts.

Es gibt Leute, die können sich nicht entschuldigen, lassen den Streit hinter sich und flüchten, erhoffen sich ebenso eine Aussöhnung, doch werden sie nichts dafür tun.

Wenn beide Streitenden Typ Nummer zwei sind, so stehen sie vor dem Schweigen-Dilemma.

Meine größte Angst bleibt jedoch, dass wir die Dinge ernst meinten, die wir uns vor wenigen Sekunden zugebrüllt haben.

Jede Beleidigung speist sich aus Anhaltspunkten und Assoziationen. Ich habe auf sehr hässliche Art und Weise verpackt, dass ich es bedauere, dass unser Begehren nachgelassen hat. Dass *mein* Begehren nachgelassen hat.

Auf der anderen Seite nervt es mich, dass es da ein ungeschriebens Gesetz zu geben scheint, das besagt, dass man es dauernd miteinander treiben muss. Erzwungener Sex oder Sex aus „Pflichtbewusstsein" ist der Tod der Lust.

Uns holen diejenigen Probleme ein, die den meisten schon nach kurzer Zeit im Alltag blühen. Wir hatten nie einen Alltag. Doch nun? Nun haben wir ihn.

Mein Körper spielt verrückt. Das habe ich davon, wenn ich mit

Menschen streite, an denen mir etwas liegt. Ich habe eine komische Unruhe im Magen, bin noch so aufgedreht, dass ich ein wenig zittere, vom kalten Schweiß ganz zu schweigen. Atme schwer, habe das Gefühl, dass mir die Luft nicht genügt, die in meine Lungen passt. Ich spüre meinen Hals wieder und mir liegt das Gewicht der Welt auf dem Brustkorb. Das sind meine Ablehnungssymptome.

Ich marschiere immer geradeaus, checke meine Nachrichten. Von Iona nichts Neues. Wir sind wohl beide zu stur, zu stolz, zu verletzt. Doch Madison hat mir geantwortet, ich bin recht überrascht und bleibe mitten auf der Sundquerung stehen. Sie schreibt: **Er ist okay damit.** *18:47 Madison*

Hektisch antworte ich: **Ryan weiß davon?** *18:50 Adrian*

Welcher normale Mensch würde das einfach so akzeptieren?

Ich setze wieder einen Fuß vor den anderen, zumindest solange ich keine Antwort bekomme. Die Eismeerkathedrale rückt wieder in Sicht, ich sehe das Festland vor mir, die Seilbahn und das Tal, durch das wir vor einigen Tagen wanderten, als die Welt noch etwas unbeschwerter wirkte. Auf der linken Seite ist keine Spur mehr vom Open Air zu erkennen, der ganze Platz ist wüst und leer. Diese Stadt wird mir fremd.

Die Konversation mit Madison setzt sich fort:

Nein, aber ich weiß es. Habe nur fünf Minuten. *19:04 Madison*

                                    Offene Beziehung? *19:04 Adrian*

Irgendwie. Nenn' es, wie du willst. 19:06 Madison

                Wie macht ihr das mit der Eifersucht? 19:07 Adrian

**Gibt es nicht. Wir gehören uns nicht.
Und wir wissen, dass unsere Beziehung
auf einer anderen Ebene funktioniert,
als all das, was wir mit anderen machen.
Er tut was er will, ich tue was ich will.** 19:10 Madison

                          Ich beneide euch. 19:10 Adrian

Morgen früh ist Abflug. Mach's gut, Fremder. 19:11 Madison

Das ist das letzte, was ich von Madison höre.
Es hat mich eigentlich sowieso schon gewundert, warum die Band so lange hier ist. Es war das letztes Konzert ihrer Europatournee, es geht zurück nach Kanada und dann in die Staaten.
Für mich geht es nur geradeaus, so weit die Füße tragen.
Im letzten Supermarkt vor der Wildnis kaufe ich mir ein wenig Rentierwurst und den billigsten Schlafsack, den ich kriegen kann.
Ich bin bereit für eine einsame und kalte Nacht. Nichts, was ich nicht schon kennen würde.

Erwachsenwerden

2010, Alter 18. Die Berge ranken so hoch, sie erdrücken ihn. Immer wieder wird er dieselben Falten desselben Berges, dieselben Felsspalten betrachten, sie sind sein einziger Anblick. Sein Wanderrucksack wiegt 21kg. Wenn er wollte, könnte er damit zwei Wochen in der Wildnis überleben.

Er trägt seine Sonnenbrille fest auf der Nase, darunter verbirgt er seine schon fast getrockneten Tränen. Es ist, als müsse er sie vor sich selbst verstecken.

Die Weite hat ihn längst eingeschlossen. Vollkommen resigniert sucht er in der Berglandschaft nach einem Platz für sein Zelt. Er findet nur einen kleinen Vorsprung an einem steilen Abhang, der mit Heidekraut übersät ist. Provisorisch richtet er es auf, vernachlässigt die Heringe, das Zelt gibt der Schwerkraft immer wieder nach. Für mehr hat er keine Kraft. Er stopft sich ein, zwei Energieriegel rein. Er war an dem Tag um 2 Uhr nachts aufgestanden, 18 Stunden auf den Beinen. Dann, kurz nach 20 Uhr, schläft er erschöpft ein, in der Hoffnung, alles nur geträumt zu haben. Die ganze Nacht wird er das Gefühl haben, den Hang hinab zu rutschen. Um 21 Uhr weckt ihn kurz das Glockengeläut einer Schafherde, die an seinem Zelt vorbeizieht. Seine Hoffnung bleibt unerfüllt: Es ist wahr. Er hat alles wirklich so erlebt.

Mitten in der Nacht wacht er nochmals auf. Ihm ist schlecht. Er eilt aus dem Zelt, glaubt, er müsse sich über-

geben, er würgt nur, mehr nicht. Diesen Tag wird er in Erinnerung behalten. Als den miesesten und schmerzhaftesten Tag seines Lebens.

Ich muss etwas zugeben: Ich war schon mal hier. Nicht in Tromsø, aber hier in Norwegen. Als ich achtzehn wurde, war es Zeit für den ersten Urlaub allein. Ich war besessen von einem utopischen Freiheitsgedanken und wollte weg, einfach nur weg. Ich buchte bei einer norwegischen Fluggesellschaft ein Ticket, welches mir erlaubte, zwei Wochen lang unbegrenzt viele Flüge anzutreten. Eine Flugflatrate, wenn man so will. Ich kaufte teure Ausrüstung, denn ich wollte nur in der Natur schlafen. Es war etwas, das mich antrieb, hinaus in die Ferne führte, doch wusste ich nicht direkt, was ich dort überhaupt sollte. Zumindest flog ich allein los, selbst das war schon ziemlich neu für mich. Aber schon in Oslo spürte ich die Vereinsamung. War das nur die Spiegelung meines Lebens in der Heimat?
Ich ließ mich aber nicht beirren und flog weiter. Mit einer kleinen Propellermaschine ging es nach Sogndal. Kaum ausgestiegen, musste ich eine Entscheidung treffen: Der Weg nach rechts ging in den 7km-entfernten Ort, links in die Wildnis. Aber eigentlich war meine Wahl bereits gefallen. Was nun vor mir lag, waren etwa achthundert Höhenmeter, von denen ich letztendlich nur etwa vierhundert schaffte. Ich hatte das Gewicht des Rucksacks unterschätzt. Doch der körperliche Kampf war nur die Spitze des Eisbergs. Denn was mich innerlich beschlich, war ein grässliches Gefühl. Das Gefühl, in der Ferne

eingeschlossen zu sein. Weite, die mich erdrückt. Das ist ein paradoxer Gedanke, doch wir Menschen fühlen oft in Paradoxien.

Ich vermisste einfach alle. Meine Freundin, meine Eltern, meinen Bruder, Bekannte, selbst Menschen, die ich nicht leiden konnte. Ich quälte mich Meter für Meter, so weit ich mich tragen konnte. Irgendwann ging es nicht mehr und es brach aus mir heraus. Ich konnte mich nicht mehr halten. Und niemand konnte mir nun helfen. Das war das schlimmste Gefühl meines Lebens. Ich hatte mir doch so viel vorgenommen.

Doch lässt sich ein Gutes daraus festmachen: Ich lebe noch. Sonst gäbe es diese Worte nicht. Ich habe es zurück geschafft. Denn am nächsten Morgen machte sich in mir ein Widerwille breit, ich wurde trotzig, entwickelte eine Aversion. Ich dachte mir, weder die Natur, noch diese Abgeschlagenheit sollten mich bezwingen können. Ich packte meine Sachen und begann den Abstieg. In einer halben Stunde schaffte ich den Weg, für den ich am Vortag noch mehr als drei Stunden gebraucht hatte. Entlang des Weges trank ich das Quellwasser des Berges. Desselben Berges, der sich von mir nicht bezwingen ließ. Ich habe nie besseres Wasser getrunken. Ich weiß, das sind ziemlich viele Superlative für zwei Tage. Doch sie sind wahr. Zumindest buchte ich jegliche Tickets um, bloß zurück, hier gab es nichts mehr für mich zu gewinnen. Ich wusste, dass keine zwei Wochen mit diesen Strapazen möglich waren, das wäre Selbstmord gewesen, eine maßlose Selbstüberschätzung. Jedoch war es das erste Mal in meinem Leben, dass ich eine wirklich existenzielle Bedrohung spürte und ich es war, der sich selbst daraus entfesseln konnte. Das macht mich stolz, obwohl ich ziemlich versagt habe. Ich hätte es wissen müssen.

Zum Glück buchte ich danach aus Affekt weitere Kurzurlaube, nach Kopenhagen zum Beispiel, auch alleine, absolvierte sie alle erfolgreich. Gab das Reisen also nicht auf. Bekam die Kurve und machte es zu meiner Leidenschaft.

Diese ganze Erfahrung in Norwegen hat mich gewissermaßen erwachsen gemacht. Und mir ist ein harter Aufprall ins Erwachsensein lieber, als gar keiner. Ich hatte mich selbst geheilt. Was gab es Besseres? Eine gescheiterte Reise: Die beste Selbsttherapie überhaupt!

Man kann so eine Reise aber nicht abbrechen, ohne es zu bereuen. Und auch ich tue es. Aber ich weiß, eines Tages werde ich wieder dort sein. In den norwegischen Bergen, bei den Fjorden, mit meinem Rucksack, mit meinem Flugticket, mit meinem Mut. Und ich werde abschließen, was ich damals versäumt habe.

32

Gewinnen wir wirklich mit jedem Schritt?
Mir fällt es schwer, zu glauben, ich würde das Leben in mir vermehren, mit jedem Schritt, den ich in Einsamkeit gehe. Vielleicht ist es einfach ein Trugschluss, dass wir im Leben nur gewinnen können. Denn in diesen Sekunden fühlt es sich an, als würde sich meine Existenz minimieren. Ich laufe weg vor den Problemen, laufe weg vor dem Fortschritt, der eintreten würde, wenn sich die Probleme lösen ließen.
Ich schreite weiter hinein in die Wälder. Nehme immer den Weg, der verlassener aussieht. Lege mich an einem kleinen Quell nieder, mit meinem Schlafsack, betrachte die Weiten des Himmels. Der Wald hier oben setzt sich fast nur aus zierlichen Birken zusammen. Sie lassen sich gerne vom Kosmos über ihnen lichten, erzeugen winzige Schattenspiele, zerstückeln das Licht ins Hundertste, bevor Grashalme es ins Tausendste splittern. Und wenn das Licht auf Wasser trifft, so verhält sich ähnlich wie mit der Liebe: Es wird niemals weniger, es wird nur gebrochen. Im Riss entsteht die Liebe.

Haben Sie es bemerkt? Wieder sind wir alleine.
Ich will Sie wirklich nicht in meine Angelegenheiten hineinziehen, aber Sie haben es ja miterlebt. Verstehen sicher meine inneren Unsicherheiten. Was tun, liebes Leben, was tun?
Ich könnte ein Wagnis eingehen und davon ausgehen, dass dieser Streit wieder vorübergeht. Dann habe ich zwei Optionen.

Nummer 1: Ich erzähle es Iona. Schonend muss es natürlich sein und vor allem entschärfend. Dann nehme ich die Gefahr in Kauf, dass sie mich verlässt. Sie hält viel von Loyalität.
Nummer 2: Ich erzähle es ihr nicht. Versuche, die Harmonie nicht zu stören, wirbele nichts auf. Dann muss ich mit der Schuld leben und wage auf der anderen Seite, dass ich noch viel sündiger dastehe, falls sie es herausfinden sollte.
Wir beide wissen, was anständiger ist, oder?
Doch kommt es vielleicht wirklich darauf an, wie viel mir der Kuss tatsächlich bedeutet hat. Denn, sollte er mir nichts bedeutet haben, ist es dann nicht besser, den „Spielfluss" nicht zu stören? Ehrlichkeit ist super, doch wird sie einen Keil zwischen uns treiben. Dazu ist mir Iona zu wichtig. Klingt das nicht toll? Sie ist mir zu wichtig, als dass ich ihr erzählen könnte, dass ich eine andere geküsst habe.
Wir sollten aber die Basics im Auge behalten: Kein Mensch kann alle deine Sehnsüchte erfüllen. Das ist das Dilemma. Denn wir leben in einer Welt, in der genau das vom Partner erwartet wird. Niemals könnte Madison die Sehnsüchte in mir erfüllen, die Iona erfüllen kann. Doch ist es andersherum genauso, sie triggern verschiedene Sehnsuchtszonen an. Wenn ich an Madison denke, dann denke ich an Nervenkitzel, an äußerliche Befriedigung, denke daran, auf die Pauke zu hauen. Madison wäre meine Anti-Langeweile-Fraktion. Iona wiederum, sie ist die Sicherheit, die Wärme, meine Komfortzone und Ruhepol.

Um eines klarzustellen: Es muss ein Gleichgewicht geben.

Denn viele würden meine Überlegungen als Aufforderung zur Untreue aufnehmen. Das meine ich absolut nicht. Ein Mann und zwei Frauen, das ist eine Frau zu viel. Das ist kein Gleichgewicht. Wenn, dann bräuchte es schon vier.
Doch wie? Keinem der Vier wäre die Eifersucht egal. Wir wurden so erzogen, dass wir es als Treuebruch empfinden, wenn unser Partner etwas mit jemand anderem anfängt. Doch gäbe es nicht die Möglichkeit, in diesem Moment zu wissen, dass dies in keinster Weise die sehr intimen Gefühle des anderen für einen in Frage stellt? Madison hat mich geküsst, ich mochte es, doch bedeutet das, dass ich Iona deswegen weniger liebe? Kann man zwei Menschen gleichzeitig lieben? Geht das nicht? Ist die Liebe ein Monopol? Ist kein Pluralismus möglich? Wenn wir doch wüssten, dass wir Menschen aus verschiedensten Gründen lieben. Aus Gründen, die sich allesamt nicht anfechten, was wäre dann möglich?
Doch kann ich das Iona unmöglich vorschlagen. Ich weiß zwar nicht einmal, ob sie sich über solch Dinge Gedanken macht, vielleicht ist sie ja auch rundum glücklich mit mir, aber auf einen solchen Deal würde sie nicht eingehen. So wirklich bringt mich das noch nicht weiter.

Ich zücke eine kubanische Zigarre. Ich fand sie kürzlich in meiner Jackentasche. Vor ein paar Wochen kaufte ich sie in Hamburg, in einem kleinen Zigarrengeschäft in den Colonnaden. Ich stecke sie mir an. Der Moment dafür ist gut, er gibt es wirklich her und ist würdig genug, um diese sechs Euro zu verrauchen. Nur nervt mich, dass ich mir danach nicht so richtig die Hände waschen kann. Ich genieße es normalerweise, den Zigarrengeruch an meinen Händen etwas abzuschwächen, damit sie anschließend nach einer angenehmen Mixtur aus Tabak und Seife duften.

Viel kälter wird es nicht mehr werden, die Sonne geht ja nicht unter, was mich mit der Hoffnung erfüllt, dass ich zumindest nicht erfriere oder dergleichen.

Die Stadt macht sich nur in der Peripherie meiner Sinne bemerkbar. Sie liegt dort unten am Wasser, hinter den Birkenwipfeln und zwischen den Bergen, und steuert ein kaum vernehmliches, eintöniges, aber sanftes Rauschen bei. Man weiß nur: Irgendwo dort hinten hat sich menschliches Leben niedergelassen. Es pocht, es hämmert und pulsiert, doch hier oben ist die Wildnis noch in der Überzahl. Der Mensch kann nichts weiter tun, als sich ihr anzudienen und auf das Wohlwollen von Mutter Natur zu hoffen.

Während die Vögel ihre Nester suchen, habe ich meines bereits gefunden, wenngleich ich weiß, dass das wärmste aller Nester woanders auf mich wartet. Doch dieses Nest ist entfremdet, die Liebe hat das Nest verlassen, es wird beherrscht von Zwietracht, vom Stolz zweier Menschen, die nie so sein wollten. Doch nun sind sie es.

Ich nehme ein paar Züge, lange Züge, um genau zu sein. Koste jeden genau aus. Schließe meine Augen. Lasse mich von dieser einen Energie durchströmen. Diese Energie, die ich spüre, die mich trägt, die mich zu jeder Zeit aufrecht erhält. Sie ist der

Treibstoff in meinen Tanks, der Wind unter meinen Flügeln, mein ewiger Antrieb.
Diese Energie? Sie ist noch da. Und wenn die Liebe das Nest verlassen hat, jenen Ort verlassen hat, an dem wir gemeinsam sind, hat die Liebe somit *auch uns* verlassen?

Was Iona und ich uns an den Kopf geworfen haben, das zeigt, dass wir zu wenig miteinander reden. Nein, wir reden nicht zu wenig. Wir hören uns zu wenig zu. Wir sammeln Unmut in uns zusammen und lassen uns aneinander aus. Wie kann eine Iona von jetzt auf gleich so grundwütend auf mich sein? Und wieso fällt es mir nicht schwer, das zu erwidern?
Ist es das Begehren, das nachlässt? Das körperliche Verlangen? Die Leidenschaft, die erlischt? Aber wozu ist man dann zusammen, wenn nicht für die Leidenschaft zueinander?
Und was war es nun wirklich, was Madison mir gab? Nicht mehr als Abwechslung? Gab sie mir das Verlangen zurück? Ich weiß es nicht. Ich weiß es einfach nicht.
Ich fand die Vorstellung einer jungen Liebe, die schnell ausbrennt, immer sehr reizvoll. Es war mir immer lieber, als ein nebeneinander her Vegitieren, ein Verschwenden von Lebenszeit. Aber wie sieht das jetzt aus?
Es ist die schmerzvolle Variante. Und keinen Funken erstrebenswerter. Es klang immer so romantisch für mich: Zwei, die sich nicht haben dürfen. Zwei, die sich für kurze Zeit bis aufs Verrecken lieben und dann ist es vorbei. Ist es vermutlich wirklich so? Verschleißt die stärkste Liebe am schnellsten?

Brennt sie nach kurzem Lodern aus, als würde man Öl ins Feuer gießen?

Schlafen kann ich nicht lange. Ich freue mich, dass ich es überhaupt kann. Denn wenn man die aufkommende Kälte ignoriert, dann bleiben immer noch die Rückenbeschwerden und die Tatsache, dass man irgendwo bei hellichter Nacht im Wald liegt, obwohl ich glücklicherweise weitestgehend von der Fauna ignoriert werde.

Um vier Uhr stehe ich wieder auf. Zum Frühstück ein paar Happen Rentierpølser und den Rest der Zigarre, um mich danach auf akute Schwindelanfälle freuen zu können.

Ich bin nicht erleuchtet, habe keine Lösung, weiß nicht weiter, bin nicht schlau aus allem Denken geworden. Nicht schlau aus den Stunden der Grübelei und des Sinnierens.

Aber ich weiß: Es ist Zeit, zu gehen.

33

Während die Welt noch schläft, bin ich auf meinem Weg zurück. Einzig die Wasserfälle, die den Felsspalten entspringen, sind zu hören. Ich folge einem kleinen Flusslauf, der mich hinab in die Stadt führt. Der Fluss spült meine Gedanken in die Ferne, wäscht mein Gemüt, glättet und mildert meine Empfindungen und lässt sie frei.

Die Leere und Geräuschlosigkeit, die in den Straßen des Stadtrands herrscht, ist mystisch. Wie ein verlassenes Filmset, niemand ist mehr hier, die Welt hat Feierabend. Nur sehr spärlich gibt die Sonne ihre Strahlen ab, es ist windstill und man muss schon wirklich Glück haben, um mal ein Auto in der Ferne zu erblicken. Diese Stimmung wird sich mir einbrennen, als Prototyp des Friedens, des Seelenfriedens. Aber ist es wirklich so? Kann es den Frieden nur in Abwesenheit des Menschen geben?

Um halb sechs erreiche ich unsere Wohnung. Ich will gerade den Schlüssel ins Schloss stecken, da bekomme ich eine Nachricht. Ben hat sie mir geschickt. Ich weiß nicht, was er mir um diese Uhrzeit zu sagen hat, doch aus seiner Nachricht gehen nur drei Worte hervor: »**Eros, Philia, Agape.**«

Ich habe Angst.
Angst davor, dass sie mich nicht an sich heranlässt.
Angst davor, dass unsere Zeit vorbei sein könnte.
Angst davor, dass sie nicht mehr da ist.

Doch als ich den Türknopf mit meinen kribbeligen Fingern öffne und plötzlich wieder in unserer Wohnung stehe, da finde ich sie wieder. Unterhalb der Bettkante liegen diverse zerknitterte Taschentücher, darüber eine schlafende und entkräftete Iona, mit verlaufenem Lidschatten, gekleidet in einen Wollpullover. Sie klammert sich um das große Kissen und ich möchte gerne glauben, dass das Kissen ein Ersatz für mich ist.

Meine Habseligkeiten, die ich bei mir hatte, lasse ich zurück und senke mich mit größter Beherrschung in die Laken. Ich nähere mich Iona nur ganz langsam und vorsichtig, bereite mich auf mögliche Zornanfälle vor. Als ich meine Arme um sie schließe, wehrt sie sich nicht. Ganz im Gegenteil: Sie spürt die Wärme und den Trost, den ich ihr zu geben versuche, obwohl ich doch eigentlich eher unterkühlt bin. Ich spüre, wie sie meine Arme ein wenig an sich heranzieht. Dieses leichte Ziehen, eine schwache Kraft, die sie sammelt und aufwendet, um sich meiner Anwesenheit zu vergewissern, löst in mir ein großes Maß an Erleichterung aus. Es war heikel und gewagt, mich ihr so wortlos im Schlaf zu nähern, doch sie nimmt mich an. Zum ersten Mal sind wir der Einklang, der unsere Welt in Zukunft im Innersten zusammenhalten könnte.

Doch dieser Erfolg ist zu instabil, als dass ich jetzt schlafen könnte. Kennen Sie das, wenn Sie noch ein wenig Kontrolle über eine Situation behalten wollen? Würde ich jetzt schlafen, so würde ich die Zügel aus der Hand geben und die Aufrechterhaltung dieser Harmonie in fremde Hände abgeben. Ich weiß, das klingt lächerlich, aber ich habe Angst, dass sie mir aus den

Armen gleiten könnte, wenn ich einschlafe. Die einzige Möglichkeit, um mich zu beruhigen, ist, dass ich mein Glück für einen Augenblick festhalte. Ein bisschen halte ich mich auch an ihr fest, damit sich die Welt etwas weniger dreht. Wissen Sie, ich habe die Zigarre auf Lunge geraucht.

Gegen sechs wird mir unwohl. Ich muss aufstehen. Schnell auf die Toilette. Ein paar Sekunden Würgereiz. Nur ein Fehlalarm. Diese stickige Luft hier drinnen macht mich verrückt. Es sind bestimmt gute dreißig Grad. Ich flüchte mich vor die Haustür und trete einen kleinen Spaziergang an, um mich wieder zu berappeln. Meine Güte, bin ich müde. Ich habe nachgezählt, die Gähnfrequenz beläuft sich auf etwa alle elf Sekunden. Nach einer Runde um den Block will ich wieder hinein. Ich meine, die Kälte ist auch nicht besser.
Die Tür zur Terrasse ist weit aufgeschoben. Dort sitzt nun Iona. Auf einem Gartenstuhl, nach vorne gekrümmt, in besagtem Wollpullover und telefoniert. Sie guckt dabei in die Landschaft. Ich versuche keinen Muks zu machen, will noch einen Moment abwarten, bevor sie mich bemerkt. Nichts weiter als Wortfetzen dringen zu mir hervor: »...kann doch nicht...;...meinst du nicht auch...;...ich weiß nicht, wie er darüber denkt...«. Sie dreht sich kurz um und nimmt mich zur Kenntnis, lässt sich davon bei ihrem Gespräch aber nicht beirren.
Ich gehe ins Schlafzimmer, um sie ungestört zu lassen. Sie scheint sich also auch zu beraten. Das ist ihr gutes Recht. Doch wüsste ich gerne, mit wem sie genau redet. Sie telefoniert nicht

so oft, auch eher ungern. Und manchmal habe ich das Gefühl, dass ich ihr engster Vertrauter bin. Aber was machen, wenn es Stress mit genau diesem gab? Ich könnte mir gut vorstellen, dass sie mit ihrer Mutter oder ihrem Vater spricht. Das sage ich ganz ohne Spott. Sie hat tolle Eltern für gute Ratschläge.

Ich will nur kurz in die Küche, etwas trinken, da kommt sie mir entgegen. »Hey«, sage ich sparsam und bedächtig.
Sie antwortet nicht. Das braucht sie auch nicht.
Denn in ihrem Gesicht ist ein müdes, aber halbwegs trostreiches und ermutigendes Lächeln.

34

Ben hat es schon so oft geschafft.

Schon so oft geschafft, mich damit zu verblüffen, wie er zur richtigen Zeit mit dem richtigen Wissen um die Ecke kommt. So treffend und intuitiv. Und vor allem verlangt es dazu nicht viele Worte. In diesem Fall waren es nur drei: *Eros, Philia, Agape*. Ein Hinweis auf die drei Arten der Liebe in der altgriechischen Literatur. Ich habe mich einige Stunden damit auseinander gesetzt. Iona sagte, sie hätte noch weniger als ich geschlafen und so blieb mir einige Zeit, um eine kleine Reise durch die Philosophie der Liebe zu machen. Von manchem hatte ich schon vorher gehört, doch das meiste war neu. Und ich muss Ihnen sagen, dass mir dieser Blick von außen auf dieses ganze wirre Thema gut tut.

Fangen wir mit dem *Eros* an. Er bezeichnet die Begierde zweier Menschen zueinander, das körperliche Verlangen, erotische Gefühle, die leidenschaftliche Liebe. Kurz: Die Verliebtheit.

Ohne Eros läuft nichts. Im wahrsten Sinne des Wortes. Interessant ist, dass sich der Eros aus der Abwesenheit des anderen, der geliebten Person, speist. Dabei ist es egal, ob die Liebe vom Anderen erwidert wird oder nicht. Ich habe sogar die Vermutung, dass dieses Gefühl zumeist noch verstärkt wird, wenn die Liebe *nicht* erwidert wird.

Eros ist also vor allem eigennützig. Es ist die Gier, die einen treibt, das Verlangen nach dem Anderen. Das heißt, der Eros wird vom Mangel angetrieben, dem Mangel dessen, was wir nicht haben. Und sobald wir es haben, so hätte Schopenhauer, der alte Pessimist, es gesagt, wird der Mangel gestillt und die Langeweile beginnt. Ich glaube zwar nicht daran, dass die Langeweile unmittelbar eintritt, sobald man bekommt, wonach man verlangt (es gibt eine gewisse Zeit, in der man das genießen kann), aber nur vom Eros kann eine Beziehung auf Dauer auch nicht leben. Denn wozu sollte man nach etwas verlangen, das man bereits besitzt? Das wäre widermenschlich. In Hinsicht auf den Eros kann es also langfristig keine glückliche Liebe geben.

Hingegen die *Philia* könnte einen weiter bringen. Philia bezeichnet die freundschaftliche Liebe, die Liebe zu dem, was man hat. Sie ist weder eigennützig, noch selbstlos: sie beruht auf Gegenseitigkeit. Das heißt, Voraussetzung für die Philia ist die Anwesenheit. Was bedeutet, dass Philia, im Gegensatz zum Eros, ohne Mangel auskommt. Es ist die Freude an dem, was uns nicht fehlt, zum Beispiel die Freude an der Existenz eines guten Freundes oder auch Partners. Das gilt für Beziehungen und Freundschaften gleichermaßen, denn auch in einer Beziehung kann es freundschaftliche Liebe geben. Sie speist sich aus gemeinsamen Erlebnissen, gemeinsamen Erinnerungen, gegenseitiger Anerkennung und vor allem dem Teilen, ganz ohne hitziges Begehren zueinander.

Als dritte Art der Liebe in diesem Bunde findet sich *Agape* wieder, die aus einem eher religiösen Kontext stammt und daher „göttliche Liebe" oder „Gottesliebe" genannt wird. Da uns dies hierbei aber nicht behilflich ist, will ich sie lieber „uneigennützige" oder „bedingungslose" Liebe nennen und auf die Menschen übertragen: Sie wird als die höchste Stufe der Liebe gesehen und kann zum Beispiel die Liebe zu einem Menschen benennen, selbst wenn dieser Mensch zum Pflegefall oder dergleichen wird. Sie fordert keine Gegenleistung und hat allein das Wohl des Anderen im Blick. Die Aufforderung „Liebe deinen Nächsten!" würde ich hier hinzu zählen, wenngleich der Satz eigentlich ein Paradoxon mitbringt, da Liebe ein Gefühl ist und man bekanntlich Gefühle nicht befehlen kann. Zumindest würde dieser Satz im Hinblick auf den Eros oder die Philia überhaupt keinen Sinn ergeben.

Was aber sagt uns das? Hollywoodschnulzen lügen. Oder nein, viel besser: sie lassen einen Teil der Realität aus und zeigen uns nur den Eros. Oder was meinen Sie, warum die Filme immer beim Happyend enden, genau in dem Moment, wo der Mangel endet?
Der Film wäre danach entweder gezwungen, die Realität zweier Menschen zu zeigen, denen der Eros abhanden kommt oder hochgradig unglaubwürdig zu werden, in dem er einen immer weiter währenden Eros zeigen würde, die ewige Leidenschaft, was den Film ebenso hochgradig langweilig machen würde.
Was Hollywood aber mit dem Happyend impliziert, ist, *dass* es ewig so weiter geht. Dass die Partner, obwohl sie sich ja nun haben, ewig weiter nach einander verlangen werden. Die beiden haben ihren *einzig* kompatiblen Gegenpart gefunden, *den einen* Menschen gefunden, der zu ihnen gehört, was bei gut

sieben Milliarden Menschen auf dieser Welt ja ein echtes Glück sein muss. Ein solch unmögliches und absurdes Glück eigentlich, dass sie sich lieber bei sämtlichen Lotterien einschreiben sollten. Ich sagte es bereits vorher: Menschen, mit denen wir wunderbar auskommen könnten, treffen wir andauernd. Doch das wäre ja unglaublich unromantisch.

Wer sich also dies zum Vorbild für seine Beziehung nimmt, ist mit großer Sicherheit zum Scheitern verurteilt. Denken Sie nur daran, dass es von fast keinem Liebesfilm eine Fortsetzung gibt.

Nun könnten Sie sagen, ich sei ein Spielverderber. Das ist ihr gutes Recht und nicht ganz unbegründet. Sie könnten sagen: »Ab und zu ein wenig Kitsch mag doch ganz nett sein, ist doch nur ein Film.« Durchaus! D'accord!

Das Problem, welches ich mit der gängigen Vorstellung von Romantik und der *ideologisierten* Liebe (oder vor allem dem Schema-F des Hollywoodliebesfilms) habe, ist, dass es die Vorstellungen von Liebe ganzer Generationen mitprägt. Wer Schnulzen liebt, der wird früher oder später sein Bild von Liebe danach richten oder *zumindest* Sehnsüchte nach ebendiesen Happyends entwickeln. Jedem sei das selbst überlassen, ganz gewiss, doch glaube ich, dass es vielen helfen würde, wenn sie diese Ideale aufgeben könnten. Ganz einfach, um sich selbst zu entlasten. Ich schaffe das ja selbst nicht mal, ganz ehrlich: Wer verliebt ist, möchte doch nicht glauben, dass man sich in wenigen Monaten wieder trennen wird. Doch wenn man dieser Gefahr ins Auge blicken könnte, könnte man vielleicht seinen

Fokus abändern und die Kuh vom Eis holen, was mich zu Iona, mir und einer heiklen Überleitung führt: Unser Eros hat nachgelassen, endlich habe ich ein passendes Wort dafür!

Diese Theorie, diese dreigliedrige Aufteilung der Liebe, erfüllt mich mit der Hoffnung, dass wir lediglich auf die nächste Stufe müssen, um unsere Beziehung zu erhalten. Dass wir den Fokus auf die Gegenseitigkeit und das Teilen richten sollten und nicht mehr auf körperliche Aspekte oder Verliebtheit. Unsere Beziehung muss sinngemäß *erwachsen* werden. Bisher behütete uns die Fernbeziehung davor. Ich meine, das eröffnet doch ein interessantes Spannungsfeld: Wir wissen, dass wir unsere Liebe erwidern, doch können wir unseren Mangel dennoch nicht beheben, da wir uns nicht sehen. Das hat aber keinen Bestand, hält den Eros in einer frühen Phase fest und setzt eine Beziehung in ständigem Schmerz des Mangels voraus. Wir müssen uns mehr sehen, um unserer Beziehung mehr Substanz zu verleihen. Sollten mehr teilen, uns unserer gemeinsamen Wertschätzung füreinander vergewissern, mehr miteinander erleben und unsere Beziehung aus dieser gemeinsam entstehenden Identität speisen, ohne unsere Freiräume aus den Augen zu verlieren.

Ganz einfach gesagt: *Wir müssen Erinnerungen machen.*

35

Nun ist er hier. Unser letzter Abend.

Oftmals habe ich ihm entgegengefiebert, doch nun kommt er äußerst plötzlich und die ein oder andere Wehmut stellt sich ein.

Es hat seine Zeit gedauert, bis Iona und ich uns wieder annähern konnten. Den ganzen Tag über schliefen wir, zelebrierten unsere Nähe nur sehr schüchtern, welche für uns noch Stunden zuvor unmöglich auszuhalten gewesen wäre. Der Zoff hat unser Verhältnis gereinigt, das glaube ich. Wir haben beide keine Lust auf einen kalten Beziehungs-Krieg, auf verhärtete Fronten, wir wollen uns kennen, uns verstehen und vor allem verstehen, was wir uns vom anderen erhoffen und wollen unseren Bedürfnissen damit mehr Form verleihen. Und ich glaube, wir haben einige Eindrücke, die wir voneinander hatten, dem anderen aber nie so wirklich preisgeben wollten, revidieren müssen. Was überaus gut für uns ist: Nichts ist schlimmer, als an Klischees zu glauben.

Von der Philia habe ich ihr noch nicht erzählt. Vielleicht mache ich das noch, vielleicht aber auch lasse ich meine Denkansätze im Stillen einfließen. Ich will es langsam angehen. Die Liebe ist ein empfindliches Pflänzchen, das man weder verdursten lassen, noch ertränken sollte.

Apropos Verdursten und Ertränken: Unsere letzten Abendstunden sind dem nördlichsten Bier der Welt vorbehalten. Dem Mack-Bier. Was eigentlich ziemlich enttäuschend für mich war, als ich kürzlich erfuhr, dass die Brauerei von einem Bäcker aus Braunschweig, Ludwig Markus Mack, gegründet wurde. Sie sind einfach überall! Selbst am Ende der Welt.

Passend dazu betritt, kurz nachdem wir uns im ältesten Pub der Stadt, der Brauereikneipe, einfinden, eine deutsche Reisegruppe den gemütlichen Alkoholismusverschlag.

Wieder diese Kreuzfahrer, ja, die Globalisierung, sie macht das Reisen weit weniger aufregend. Vor Iona ist mir das ziemlich peinlich, mein ständiges Augenverdrehen amüsiert sie mächtig. Diese Menschen verreisen nicht mehr, sie konsumieren diese Länder, machen wilde Kultursafari und das Schlimmste an allem ist, dass ich weiß, dass ich ein Teil von ihnen bin.

Jedoch versuche ich immer ein Inkognito-Reisender zu sein, nicht so breitbeinig und klobig. Reisen bedarf, finde ich, des Feingefühls und für mich geht das am besten, indem ich versuche, mich unsichtbar zu machen. Und das beste Kompliment für mich als Reisender ist, wenn man nach einigen Tagen von seinem Umfeld verschluckt wird, Teil des Ganzen wird, die wichtigsten Verhaltenskniffe kennt und niemandem mehr auffällt.

Je später unser Abend, desto lauter die Musik und desto höher die Bereitschaft zu ungezügelten Bewegungen. Das zeigt sich auch bei Iona. Schon ein paar ältere Pärchen begaben sich auf den Backsteinboden und begannen, sich rhythmisch zu Aretha Franklin's *Think* oder zu *Ain't No Mountain High Enough* von Marvin Gaye zu bewegen. Iona sitzt mir gegenüber und fängt an, mit ihrem Oberkörper im Takt zu grooven.

»Los, sei kein Spielverderber«, sagt sie mir und versucht mich mit ihrer Begeisterung in Richtung der Tanzfläche anzustecken.

Wenn, dann heute. Das ist alles, was ich mir denke. Es ist ihre Laune, meine Musik, unser *gemeinsames* Momentum.

Das Bier tut seine Arbeit, ich leere das Glas aber vorsichtshalber. Ich will nicht, dass der Überschwang aufgrund von Euphoriemangel mittendrin aufhört.

Doch, wie weit reicht meine Erinnerung zurück? Wie war das noch mit dem Tanzen? Was waren die wichtigsten Tricks? Beinarbeit ist essentiell. Ja, ja, stimmt. Damals ging es doch auch so leicht. Damals. Als ich zum ersten Mal erwachsen war.

Erwachsensein?

2011, Alter 19. Er versucht männlich zu wirken. Den Brustkorb raus, nicht unterkriegen lassen. Er versucht charmant zu wirken, setzt sein Sinatra-Lächeln auf. Nicht nur diesen schlichten Charme, er will das gewisse Etwas haben. Die Anprüche an sich selbst waren schon immer exorbitant. Sein Bruder weist ihn darauf hin, dass sie und ihre Freundin zu ihm herübergucken und vermutlich verstohlen über ihn reden. Sie hält sich beim Reden die Hand vor den Mund, damit man ihr Schmunzeln nicht sieht. Seit er sie kennt, hat er einen besonderen Blick auf sie geworfen. Sie ist so tough, so mitreißend, aber gar nicht arrogant. Er findet ihr rotgefärbtes Haar sexy, ihre Bewegungen, wenn sie tanzt.

Als der Abend älter wird, versucht er sich nach und nach an sie heran zu tanzen. Er bleibt zu zaghaft, gewinnt ihre Aufmerksamkeit nicht, vielleicht hätte er mehr mit der Tür ins Haus fallen sollen. Keine Ahnung, ob er zu ihr passt, aber er weiß, dass sie zu ihm passt. Am Ende des Abends ist er ziemlich angetrunken, eigentlich betrunken, niemand ist noch fit, manche unterhalten sich vertieft in Philosophien, andere über Triviales. Und sie wird schon irgendwo längst im Bett liegen und schlafen. Und er? Er wird sein Glück nicht am Schopfe gepackt haben.

Dennoch wird dieser Abend, diese Nacht, für ihn als reine Offenbarung in Erinnerung bleiben. Nach Jahren der

Isolation, des Selbstmitleids und inneren Zerwürfnissen, fängt er plötzlich an zu tanzen, was er auf Anhieb im Blut hat. Das Leben wird für ihn zur leichten Kost, das Leben ist ein Superlativ, denkt er. Das erste Mal, dass er ungestüm auf den Putz hauen kann, und er gewinnt an Leichtigkeit, für alle Gezeiten.

Es war lediglich ein Detail, das mich dazu veranlasste, mich erwachsen zu fühlen. Ich konnte Mädchen mit Wow-Effekt treffen, tolle Mädchen auf Augenhöhe; Mädchen wie Rebecca, von denen ich meinte, dass sie viel zu gut für mich seien, doch dann bemerkte ich, dass ich ja schon zwei oder drei Jahre älter als sie war. Es gab keinen Grund mehr, sich unterlegen zu fühlen. Ich würde für sie, für jemanden, an den ich mich fast nicht herantrauen würde, der Ältere sein. Das entsprach meinem Weltbild überhaupt nicht. Vor allem aber entsprach es nicht meinem Selbstbild.

Für mich waren Frauen meines Alters schon immer schwer zu bekommen. Aber jetzt bestand ein Unterschied: Es verlangte vielleicht gar nicht mehr nach der Gleichaltrigkeit, sie war bereits erwachsen genug, damit ich sie auf Augenhöhe sah. Ich war bereits so alt geworden, dass zwei oder drei Jahre Altersunterschied nicht mehr die Welt waren. Und trotzdem hatte ich einen Altersvorsprung, ja, vielleicht sogar einen Altersvorteil. Das stellte meinen Blick auf das ganze Geschehen auf den Kopf. Mein erster Moment, in dem ich mich irgendwie erwachsen fühlen konnte.

Die Abende mit Rebecca fanden auf einer Familienfeier an einem Septemberwochenende statt, gerade eine Woche, nachdem ich mich von meiner ersten Freundin getrennt hatte. Die familiäre Verbindung zu Rebecca ist lang, dabei sind wir faktisch eigentlich gar nicht miteinander verwandt. Nichts hätte mir im Weg gestanden, etwas offensiver zu werden. Zu dem Zeitpunkt war sie sechzehn oder siebzehn, wirkte natürlich älter, da hätte ich als Neunzehnjähriger vielleicht punkten können.

Ich muss sagen, wenn es um das weibliche Geschöpf geht, so versuche ich, nichts zu bereuen. Aber das hier ist das einzige Bedauern, das ich mir gönne. Ich brauche etwas, das ich mit mir herumtragen kann, das mich zu einem schuldigen Subjekt macht, das ich vor mir selbst beklagen kann. Wenn ich diese eine nicht ergriffene Chance bedauern kann, dann muss ich den ganzen anderen Mist nicht mehr bedauern.

Was hätte mich denn schon daran gehindert, Kontakt mit ihr aufzunehmen? Die digitale Revolution hätte es mir möglich gemacht. Was hätte mir im Weg gestanden, ihre sympathische Familie mal wieder zu besuchen, in der Hoffnung, dass sie anwesend ist?

Ein anderer Teil in mir wusste aber nicht einmal, ob sie sich an mich erinnern würde. Ob sie mich wahrgenommen hatte. Wie würde da eine Freundschaftsanfrage, aus dem Nichts kommend, wirken? Ich hätte es wie immer machen können: Die Zeichen überinterpretieren, mich verrennen, hineinsteigern in eine Liebesmanie und am Ende damit auf die Schnauze fallen. Doch das war zu einfach. Ich musste es, wenn dann, besser machen. Also

machte ich gar nichts.
Dabei ging mir ihr Hüftschwung einfach nicht aus dem Kopf.

Das mit dem Erwachsensein ist trügerisch. Denn dauernd kämpft ein inneres Gefühl gegen die äußere Ordnung an. Die äußere Ordnung sagt dir ganz klar: Du bist ein erwachsener und selbstständiger Mensch. Das Gefühl sagt dir aber, dass du, als du 18 wurdest, keine Grenze überschritten hast. Du bist dieselbe grenzdebile Dampfnudel wie vorher, die über infantilen Humor lacht. Erwachsen fühlt man sich dann erst nach und nach, wenn man bemerkt, dass es bereits Pornodarstellerinnen gibt, die im selben Jahr wie du oder sogar noch später geboren wurden. Aber auch das kommt nicht aus einem selbst, das ist eine äußere Erkenntnis.
Ich dachte immer, das Erwachsensein wäre wie eine Art Rolle, in die man hineinschlüpft, die einem Selbstbewusstsein verleiht. Doch ist es das nicht ganz. Ich würde eher sagen, dass man als Erwachsener einfach mehr Chancen hat, Dinge zu tun, die einem ein Selbstbewusstsein beschaffen. Man hat die Chance, sich an allem, was man tut, zu messen. Sich ohne Mithilfe die eigene Stärke zu beweisen. Oder zu scheitern.

37

»Die Frau zu heiraten, die man liebt, das nennt man in einen Hut scheißen, und ihn sich dann aufsetzen.«[4]

Hätten Sie gedacht, dass dieser Satz aus dem 16. Jahrhundert stammt? Nun ja, nicht jeder ist von der Liebesheirat überzeugt und Michel de Montaigne war es, wie man merkt, absolut nicht. Was mich angeht, ich bin mir noch nicht so sicher, aber ich verstehe das Dilemma sehr gut. Jeder der verheiratet ist, wäre es lieber nicht und jeder, der es nicht ist, wäre es gerne. Ähnliche Gefühle sind mir bekannt.

Schopenhauer hatte recht.
Ich habe sie jetzt. Sie ist wieder mein. Sagen Sie mir mal, worum soll ich denn jetzt noch kämpfen? Wir kämpfen doch nur noch ums Überleben.
In dem Moment, in dem ich verstehe, dass dieses lockige, dunkelhaarige, braunäugige Mädchen mir gegenüber *mein* ist, fange ich an zu den Mädels der anderen Tische hinüber zu schielen. Es ist mein letztes verbliebenes Tabu: die Langeweile.
Die letzte große Utopie: die vollkommene Liebe.
Es ist die letzte Krankheit, die mir bleibt: die Sehnsucht.
Doch wie könnte ich mich nach diesem Mädchen mir gegenüber sehnen? Immerhin steht es mir gegenüber und blickt mich erwidernd an.
Mir sollte die Antwort leicht fallen: Einfach, weil sie es wert ist.

Ob ich noch an Madison denke?

Jede Stunde. Sie ist der Spiegel, den ich mir vorhalten konnte.

Sie wird jetzt vielleicht noch irgendwo im Flieger nach Montreal sitzen und nicht mehr an mich denken. Oder doch?

Es ist eine diffuse Sehnsucht, die ich mit ihr verbinde. Die Sehnsucht nach einem anderen Leben. Die Sehnsucht danach, in einer anderen Haut stecken zu wollen.

Erinnern Sie sich noch? Meistens hat die Liebe nur mit uns selbst zu tun. Meine Neigung zu Madison hat nur mit der Unzufriedenheit zu tun, die ich mir selbst entgegenbringe. Als sei Madison der Schlüssel zu einem anderen Leben, in dem ich nicht mehr ich sein muss, zu einem Leben, das ein wenig aufregender als mein jetziges ist, das mir öfter den Atem stocken lässt, mich fordert und belohnt.

Um den Reiz zu lindern, den Madison in mir auslöst, muss ich keine aufregendere Beziehung führen. Es braucht keine Action, es bedarf keiner anderen, abenteuerlicheren, aphrodisierenderen Iona. Ich muss nur mein Verhältnis zur mir selbst aufwerten.

Wir tanzen in den Morgen, die Welt dreht sich und es ist irgendwie schön. Wir halten uns aneinander fest, drehen uns im Kreis, die Musik lässt unsere Membrane dröhnen. Vor Glück kommen mir beinahe die Tränen.

Tapern beschenkt nach Hause, in neunzig Minuten kommt unser Taxi zum Flughafen. Eine letzte Chance für ein Nickerchen, doch wir nutzen sie nicht. Lieber widmen wir uns der

Lust und treiben es wie die Karnickel. Unsere Ausdauer endet nicht, nur die Materialermüdung könnte uns stoppen. Oder die Routine.

Wir zögern und zögern und zögern es hinaus und trauen uns schließlich vor die Fensterfront. Niemand ist auf den Straßen, die Luft ist rein, was aber auch nicht weiter schlimm wäre, wenn es nicht so wäre, wir sind nachher sowieso über alle Berge. Meine Güte, ich habe keine Zeit mehr um die Scheibe zu putzen, wir sollten aufpassen.

Um zehn vor vier knallt es. Nun. Zumindest in unseren Synapsen. Gleichzeitig. Was für ein Fest.

Uns bleiben noch zehn Minuten bis zum Taxi. Für eine Post-Coitum-Tristesse bleibt uns somit keine Zeit. Dieses ernüchternde Gefühl danach. Man hat *es* irgendwie hinter sich, alle Geheimnisse wurden gelüftet, alle Mysterien, auf denen die Welt beruht, enthüllt. Und man bemerkt: Nach dem Koitus ist vor dem Koitus. *Hoffentlich.*

Flüchtig packen wir unsere Sachen. Jeder sucht seinen Kram zusammen, wir könnten zu spät kommen. Unsere Laufwege treffen dauernd aufeinander und dann halten wir uns immer wieder für eine Minute aneinander auf und küssen oder umarmen uns oder dergleichen, obwohl wir dafür doch eigentlich keine Zeit hätten. Ich gebe zu, der Alkohol ist maßgebender Protagonist in diesem Spiel. Wer würde schon nüchtern um kurz vor vier morgens verliebt durch die Gegend laufen und alte Würstchen aus dem Kühlschrank auf romantische Art und Weise zu zweit wie ein Hot Dog verspeisen?

Unser Transportmittel ist pünktlich, denn um Punkt vier fährt ein grauer Prius vor. Echt eine Menge Elektrotaxen hier. Löblichst. Ein junger Mann um die dreißig steigt aus. Sein Bart ist elend lang, der Enkel von Dumbledore, wie mir scheint, auf der Nase eine 80er-Jahre-Brille. In Deutschland würde ich sagen, er wäre ein Hipster, aber hier kaufe ich es ihm ab. Er ist ziemlich locker zu uns, wir sind immerhin dieselbe Generation, da gibt es eine gewisse Gelassenheit im Umgangston, die mir gut gefällt.

Wir verlassen unsere Wohnung, verbunden mit Erleichterung und Wehmut zugleich, viel hat sich hier abgespielt. Werfen die Schlüssel in den Briefkasten des Vermieters und reisen ab.

Die einzigen Wolkenfetzen, die sich am Himmel erkennen lassen, streicheln ein letztes Mal die Bergkuppen. Sonst ist alles klar und hell.

Während der Fahrt zum Flughafen traue ich mich nur selten, nach hinten auf die Rückbank zu blicken. Doch immer, wenn ich es tue, habe ich eine innerlich abwesende Iona hinter mir, die sich körperlich wahrscheinlich noch dreißig Minuten in der Vergangenheit befindet. Es war mit Abstand unser bestes Mal.

Als wir sicher und unbeschadet am kleinen Flughafen ankommen, gebe ich ihm ein gutes Trinkgeld, Alkohol macht mich ziemlich gutmütig und Sympathie macht nunmal arm. Ein weiterer Beweis dafür ist, dass ich meine Haustürschlüssel für meine Wohnung in Kiel vergessen habe. Das wäre nicht passiert, wenn ich - meiner Sympathie für Iona wegen - nicht so viel mit ihr rumgemacht hätte. Es ist zu spät, unser Flug geht um kurz nach sechs, ich muss dann halt erst zu Ben und mir den Zweitschlüssel abholen und mir meinen hinterher schicken lassen. Man stelle sich vor, manche Leute lagern ihren Zweitschlüssel bei ihrer Freundin.

Da Grau das neue Weiß ist, findet sich das Flughafengebäude von Tromsø in einer ähnlichen Farbe wieder. Ein modernes Terminalgebäude, in dem pro Jahr etwa zwei Millionen Passagiere abgefertigt werden. Das ist das 27-fache der Stadtbevölkerung, das stelle man sich erstmal vor.

Iona und ich sind etwas durch den Wind, es ging doch etwas schnell für uns. Nicht nur der heutige Morgen und der Weg zum Flughafen, sondern die ganze Reise.

Zu wissen, dass wir uns jetzt erstmal mal für einige Wochen, vielleicht Monate, nicht wiedersehen werden, ist mies. Wie sollen wir da Erinnerungen machen? Gleichwohl weiß ich, dass wir unsere bisher wichtigste Erinnerung gerade gemacht haben.

Kurz bevor wir gegen sechs den Flieger betreten, der uns nach Oslo bringen soll, blickt mich Iona ziemlich unablässig an. Ein tiefgreifender Blick, als würde sie mich wirklich innerlich berühren wollen. Sie versucht sich auf Norwegisch: »Jeg elsker deg.«

»Was meinst du?«, frage ich, wissend, dass ich dem Norwegischen in keinster Weise mächtig bin.

»Ach, ist egal...«, meint sie.

»Aber was hast du gesagt?«

»Ist nur eine Floskel...«

Mit fragendem Blick will ich sie angucken, doch sie ist schneller, geht zwei Schritte nach vorn und betritt den Flieger. Nachdem wir Oslo erreicht haben, werden wir uns dort verabschieden.

Das Wetter ist erstklassig, man sieht bis in die Ferne all die kleinen grünen und grauen Inseln der Lofoten, winzige Orte mit nur ein paar Häusern, mitten in gewaltiger Szenerie. Leider kann Iona das alles nicht sehen, sie ist sofort weggenickt, ist ziemlich fertig.

Wie auf dem Hinflug auch, mache ich mir Gedanken. Bin ich jetzt anders als vorher? Will ich jetzt nicht mehr, was ich sowieso nicht haben kann? Leider ist es nicht so einfach.

Wie muss ich mit meiner Untreue umgehen? War ich auch seelisch untreu? Ich weiß es nicht. Mit jeder Frage, die sich auch nur halb beantworten lässt, tauchen zehn neue auf. Es ist zu früh zum Nachdenken, es ist einfach zu früh.

Muss ich es ihr sagen? Weiß sie es womöglich schon? Wissend, dass die ganze Wahrheit niemals gleich die ganze Wirklichkeit ist? Wo ist das Gleichgewicht in unserer Beziehung? Wer könnte mir das beantworten, wenn nicht ich selbst?

Was so bleibt...

2012, Alter 20. Er hörte Iron and Wine, war relativ angetrunken, saß alleine und selbstmitleidig im riesigen Wohnzimmer. Dachte an den Traum der vergangenen Nacht. Er hatte wieder von ihr geträumt, nach einigen Monaten, in denen die Träume frei von ihr waren. Er träumt gerne von ihr, doch ist das Aufwachen anstrengend und am folgenden Tag ist er dann nicht mehr zu gebrauchen, kann seine Gedanken nicht von ihr lassen.
Im Traum hatte er mit Ben gesprochen, denn Ben hatte sie getroffen, zufällig, in Berlin oder so. Er hat ihr noch gut zugeredet, dass sie sich noch einmal überlegen solle, ob sie Adrian nicht doch mag.
Später dann liest sie seinen Namen, irgendwo in der Stadt, niedergeschrieben, ein klares »Adrian«. Das ist ihr Zeichen, sie weiß, sie muss zu ihm.
Sie treffen sich, sie küssen sich. Er weiß, dass der Kuss echt ist, denn er orientiert sich an keinen Gefühlen, die er bereits kennt, ein ungebrauchtes Gefühl, bestimmte Botenstoffe, die sich noch nie so zusammensetzten.
Es beginnt zu flimmern.
Als nächstes sitzt er am Frühstückstisch, komischerweise auf dem Balkon, seine ganze Familie ist dort versammelt, sie auch. Sie sitzen weit auseinander, sie am einen Ende der Tafel, er am anderen. Während des Essens werfen sie sich immer wieder stumme Blicke zu, melancholische Blicke.

Beide wissen, dass sie bald wieder heim muss.
Er bringt sie zum Bahnhof, bietet ihr sogar an, mitzufahren, und das will sie auch, also kommt er ihrem Wunsch nach. Er rast durch die riesige Bahnhofshalle, will noch irgendwo ein Ticket für sich kaufen, will sie begleiten, findet aber keins, rennt sogar raus, wieder hinein. In letzter Minute findet er einen Schalter und kauft ein Ticket. Er findet sie wieder, noch am selben Ort, und sie küssen sich, als wären Jahre vergangen. Als es losgehen soll, fällt er aus allen Wolken. Er ist an keinem Bahnhof. Es ist ein Flughafen. Sie muss ihren Flug kriegen, hat ein Ticket dafür. Doch er, er hat nur ein Ticket für den nächsten Zug, und bleibt zurück, desolat und verbittert.
Dann flimmert es wieder ziemlich schnell und er wacht auf.

Er weiß nicht so richtig, was ihm der Traum sagen will. Träume sprechen eine Sprache, doch eine sehr verschleierte. Hatte er im Leben das falsche Ticket gezogen? Musste er jemanden loslassen, jemanden „fliegen lassen"?
Aufwachen aus einem Traum vom Paradies ist härter, als in Agonie einzuschlafen. Er hatte Blut geleckt, eine Minute im Garten Eden verbracht. Denn es war alles in allem ein schöner Traum, weit schöner als seine Realität, denn im wahren Leben hatte er all das nicht. Der Traum ging zwar unangenehm aus, doch hatte er sich schon an die schönen Tatsachen gewöhnt, hatte sich an sie, ihre Gegenwart und Wärme, gewöhnt.
Am Morgen danach sitzt er eine halbe Stunde unter laufender

Dusche, darüber nachdenkend, mit den Händen vors Gesicht gebannt, kopfschüttelnd, unverständlich für ihn, wie die Realität so enttäuschend für ihn werden konnte. Müsste sich sein Leben nun in Träumen abspielen, damit er es ertragen könnte? Wieso konnte er diesen Traum nicht loslassen?
Immer wieder wird er derartige Träume haben. Träume, nach denen er die Realität nur schwer akzeptieren kann. Träume, die ihn an ein anderes, virtuelles Leben gewöhnen, das ein Quäntchen erstrebenswerter ist als sein wahres Leben.

Mit seiner Vorstellung von Romantik ließe sich ein unerfülltes Liebesleben konsequent durchhalten. Das weiß er längst. Er liebt das Unvollkommene, das Imperfekte, er meint, dass zur Romantik die Melancholie gehört. Im Prinzip entsprach dieser Traum seiner Vorstellung von Romantik auf ganzer Linie, denn er war unvollendet. Kitsch hat ein Happyend, aber Romantik? Romantik ist das Sehnen, nicht das Haben. Das Vermissen ist romantischer als der Kuss, meint er. Er meint, es geht nicht um das Glück an sich, sondern darum, dass man spürt, überhaupt da zu sein. Er mag die Tragik und die Dürftigkeit, so entbehrt die Liebe jedes Ideal, braucht kein Vorbild. Das Ideal ist, dass es nicht ideal ist. Wenn man hat, was man will, dann will man es nicht mehr. Und wenn sich die beiden am Ende kriegen, dann ist das vor allem eins: langweilig. Das ist sein romantischer Gedanke. Und das ist irgendwie erbärmlich.
Auch er weiß, dass er manchmal ist, wie jeder andere. Der ewige Individualist, der manchmal ganz gewöhnlich ist. Der

auch möchte, dass Fortuna ihm wohlgesonnen ist, auch wenn er es eben nicht zugeben mag. Dass sein Leben für eine Sekunde lang Hollywood ist, dass der Himmel voller Geigen hängt. Dass die Story endet, lückenlos, tadellos und ideal.

Vielleicht hatte er sich selbst jahrelang davon abgehalten, das zu bekommen, was er will. Wissend, dass er es nicht mehr wollte, wenn er es hätte. Sicherlich hätte er das meiste auch so nicht bekommen. Doch wie wären die Dinge ausgegangen, wenn er das Sehnen nicht so sehr geliebt hätte? Wenn er sich hätte freuen können, zu haben.

*Er will nicht mehr so sein. Die Gedanken wird er behalten, doch vielleicht gelingt es ihm irgendwann, diejenige zu schätzen, die sich einst entschied, bei ihm zu sein. Und das auch weiterhin zu tun, <u>obwohl</u> oder vielleicht <u>gerade weil</u> er sie bereits hat. Es geht um die Wertschätzung, nicht um das hitzige Begehren. Die nächste Stufe, die **Philia**.*

Er freut sich auf das nächste Abenteuer, das Gelingen und die Güte des Geschicks, die nächste Liebschaft, möge sie noch so ungewiss sein, denn das ist das Leben, das ist sein Leben.

*Nein, nein. Das ist **mein Leben**.*

39

Ich möchte mich bei Ihnen bedanken. Nein, wirklich.
Sie sind mir bis hierhin gefolgt und das finde ich ziemlich nett von Ihnen. Sich einfach so jemandem annehmen, ihm ein bisschen Gesellschaft leisten, ihm zuzuhören. Das ist nicht selbstverständlich. Und ganz egal, ob Sie meiner Meinung sind, oder mich verstehen können, nachvollziehen können, wie stürmisch meine Zeiten sind: Sie sind dran geblieben.
Ich hoffe, Sie haben sich nicht allzu sehr gelangweilt. Ich meine, können Sie sich noch an den Anfang unserer Reise erinnern? Ich wusste ja nicht einmal, was ich Ihnen erzählen sollte. Ich hatte ja alles. Aber sehen Sie? Das Leben hält immer guten Stoff bereit. Und Sie? Sie sind mein Zeuge.
Vielleicht lernen Sie ja eines Tages auch nochmal Iona kennen. Mich würde wirklich interessieren, ob Sie uns für ein nettes Paar halten. Sie ist wirklich toll, das werden Sie bemerkt haben. Sie müssten nur mal sehen, wie betörend schön sie gerade schläft.
Doch, wer weiß? Vielleicht sitzen Sie ja gerade neben uns im Flugzeug?

40

Wir landen zur morgendlichen Rush Hour in Oslo. Hier werden sich unsere Wege trennen. Hier begann unsere Reise, hier endet sie. Sie fliegt zurück nach Schottland und mich zieht es leider wieder zurück in meine geographische Heimat. Ich benutze bewusst die Einschränkung „geographisch".
Iona ist nicht mehr meine Freundin. Sie ist meine Gefährtin. Ein feiner Unterschied, der sich über die gemeinsam erlebten Zeiten abstecken und unsere wechselseitige Anziehung zueinander aufrechterhalten wird. Hoffentlich.

Der Moment unserer Verabschiedung kommt sehr schnell. Ich bin so schlecht darin. War es immer.
Will es hinter mich bringen. Stehe ihr an der Gepäckannahme gegenüber. Sie wirkt traurig. Und ich werde es.
Wir umarmen uns. Ich will sie küssen. Doch sie mir weicht aus. Sie ringt mit sich.
»Ich halte es nicht mehr aus«, sagt sie unsicher.
»Was meinst du?«, erwidere ich.
Sie guckt mich nur flüchtig an und nimmt all ihren Mut zusammen: »Adrian...«, spricht sie, »Ich hab' dich betrogen.«

Ja. Da ist das Gleichgewicht.

»Writing books is very lonely and very painful. And sometimes you get bored of it. You want to be with other people.«[5] *Frédéric Beigbeder*

Mehr zum Autor:

Henry Kardel
Geboren: 20.06.1996 in Walsrode

Facebook:
www.facebook.com/henry.kardel

Instagram:
www.instagram.com/henry.kardel/

Über dieses Buch:

Dieses Buch wurde im Juni/Juli 2016 in Uelzen, Tromsø, Hipstedt und Erlangen geschrieben.

Musikempfehlung für dieses Buch: **Red Hot Chili Peppers – Dark Necessities**

Wörter: 35.199

Weitere Bücher von Henry Kardel:

Henry Kardel
ODYSSEE INS ICH
16. September 2015 / 200 Seiten

Taschenbuch: 9,99€
E-Book: 5,99€

Quellennachweise:

1: Propertius, Sextus Aurelius:
https://www.aphorismen.de/zitat/65922

2: Casanova, Giacomo.
gefunden in: Willemsen, Roger: Nur zur Ansicht. Gesammelte Essays. Frankfurt am Main: Fischer Taschenbuch Verlag in der S. Fischer Verlag GmbH, 2007

3: Houellebecq, Michel: „Michel Houellebecq: Vermessenheit als Weltanschauung". SRF Kultur. Youtube, LLC. 03. Januar 2014. Web. Zugriffsdatum: 26. Juli 2016. Minute 17:38.
<https://www.youtube.com/watchv=sWiDHpofWKg>

4: de Montaigne, Michel: „ARTE Philosophie – Hat die Liebe eine Geschichte?". Paul Küsel. Youtube, LLC. 12. Oktober 2014. Web. Zugriffsdatum: 26. Juli 2016. Minute 19:58.
<https://www.youtube.com/watch?v=657Os7PIJao>

5: Beigbeder, Frédéric: „DAS VERFLIXTE 3. JAHR – Frédéric Beigbeder: „Writing is very lonely"". Prokino – Einzigartige Unterhaltung. Youtube, LLC. 13. Juli 2012. Web.
Zugriffsdatum: 26. Juli 2016. Minute 0:02.
<https://www.youtube.com/watchv=8_QX9WZpMWo>